妖怪《ようかい》の子
預《あず》かります
廣嶋玲子・作
Minoru・絵
7

人物
久蔵《きゅうぞう》
太鼓長屋の大家の息子《むすこ》
千弥《せんや》
太鼓《たいこ》長屋に住む
按摩《あんま》の青年
玉雪《たまゆき》
兎《うさぎ》の妖怪《ようかい》
梅吉《うめきち》
梅の子妖怪
弥助《やすけ》
千弥の養《やしな》い子《ご》

登場

月夜公《つくよのぎみ》
妖怪奉行所《ぶぎょうしょ》
東《ひがし》の地宮《ちぐう》の奉行

飛黒《ひぐろ》
妖怪奉行所の
筆頭烏天狗《からすてんぐ》

津弓《つゆみ》
月夜公の甥《おい》

左京《さきょう》（弟）・右京《うきょう》（兄）
飛黒と萩乃《はぎの》の双子《ふたご》の息子

一彦《いちひこ》
二吉《にきち》
三太《さんた》
……月夜公の尻尾《しっぽ》を支《ささ》えるねずみ

四朗《しろう》………一彦・二吉・三太の子

蘇芳《すおう》
初音に仕える
下女蛙。
青兵衛の女房
青兵衛《あおべえ》
初音に仕える蛙《かえる》
萩乃《はぎの》
飛黒の女房《にょうぼう》。
初音の乳母《うば》
初音《はつね》
久蔵の女房。
華蛇族《かだぞく》の姫
王蜜《おうみつ》の君《きみ》
妖猫族《ようびょうぞく》の姫《ひめ》

風丸《かぜまる》
妖怪奉行所《ようかいぶぎょうしょ》の牢番《ろうばん》
雀丸《すずめまる》
妖怪奉行所の牢番
桐風《きりかぜ》
妖怪奉行所の
同心《どうしん》
玄空《げんくう》
妖怪奉行所の
書庫番
朱刻《あけとき》
雄鶏《おんどり》の妖怪
時津《ときつ》
雌鶏《めんどり》の妖怪

目次

妖怪《ようかい》の子預《あず》かります　7

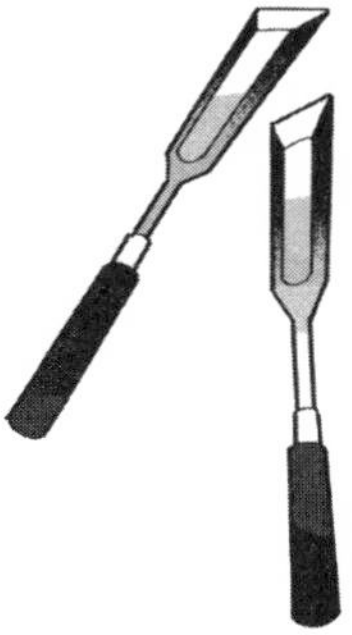

妖《よう》怪《かい》奉《ぶ》行《ぎょう》所《しょ》の多《た》忙《ぼう》な毎日

欲《ほっ》するもの

その人はほほえんでいた。口元に愛《いと》しげなほほえみをうかべ、深い想《おも》いを目に宿して、そこにいた。

その美しさに、さいしょは息がつまり、次にははげしく胸《むね》が高鳴りだした。

なんときれいな笑顔《えがお》だろう。なんと美しいまなざしだろう。

自分に向けられたものではないとわかっていても、心がふるえた。

そして……。

次第《しだい》に欲《よく》が出てきた。

……ほしい！　この笑顔《えがお》を、まなざしを自分のものにしたい。どうしても！

いったん生まれてしまった願《ねが》いは、もはや止められなかった。

1　右京《うきょう》と左京《さきょう》、奉行所《ぶぎょうしょ》へ

烏天狗《からすてんぐ》の飛黒《ひぐろ》は、毎朝、棒術《ぼうじゅつ》のけいこをする。雨の日も雪の日も欠《か》かさず、黒鉄玉をはめこんだ棒《ぼう》をふりまわしながら、翼《つばさ》を大きく羽ばたかせて体をきたえるのだ。

そして、その横には飛黒《ひぐろ》の双子《ふたご》の息子《むすこ》、右京《うきょう》と左京《さきょう》がいつもいる。

双子《ふたご》は、顔は人間で、体にも羽毛《うもう》がない。が、背中《せなか》には小さな黒い翼《つばさ》がある。それを精《せい》一杯《いっぱい》広げて、羽ばたきをくりかえす。いつの日か、父のようなりっぱな翼《つばさ》になることを願《ねが》って。

けいこが終わると、飛黒《ひぐろ》はすぐに朝飯《あさめし》のしたくにとりかかる。それを手伝《てつだ》うのも双子《ふたご》の日課《にっか》だ。親子三人、なかよく飯《めし》を炊《た》き、味噌汁《みそしる》をこしらえる。

だが、そこに母親の萩乃《はぎの》のすがたはなかった。

「母上、今日《きょう》も留守《るす》なのですね」

「……左京《さきょう》たちの顔、お忘《わす》れなのではないかしら？」

双子《ふたご》はさびしげな声でつぶやきあった。

もともと萩乃《はぎの》は乳母《うば》として華蛇族《かだぞく》の初音姫《はつねひめ》に仕えており、なかなか自宅《じたく》に帰れない身であった。だが、その姫《ひめ》も成人し、人間に嫁《とつ》いだ。乳母《うば》の役目はひととおりすんだということで、最近《さいきん》は家族と過《す》ごせることが多くなっていたのだ。

だが、右京《うきょう》と左京《さきょう》がよろこんだのも束《つか》の間《ま》、初音姫《はつねひめ》に子ができた。

「お子さまが無事《ぶじ》に産《う》まれるまで、わたくしが姫《ひめ》さまの面倒《めんどう》を見てさしあげなくては」と、萩乃《はぎの》は最近《さいきん》は二日に一度は人間界《にんげんかい》に行っている。そのまま泊《と》まってしまうことも、しばしばだ。

そのことに、双子《ふたご》は少々しおれていた。母がいなくて、やはりさびしいのだ。

そんな二人を見かねたのか、その朝、飛黒《ひぐろ》は思いがけないことを言った。

「右京《うきょう》、左京《さきょう》、今日《きょう》はわしと奉行所《ぶぎょうしょ》に行ってみぬか？　おまえたちも、いずれは烏天狗《からすてんぐ》の一人として、お役目を受けることになるだろう。心がまえをするためにも、今後はちょくちょく奉行所《ぶぎょうしょ》に連《つ》れていこうと思っておるが、どうじゃ？」

「行きます！」

「父上といっしょに行きとうございます！」

「よし。それでは、急いで朝飯《あさめし》を食べてしまおう」

「はい！」

あわただしく朝飯《あさめし》を終え、親子は家を飛《と》びたった。向かうは、妖怪奉行所《ようかいぶぎょうしょ》の一つ、東の地宮《ちぐう》だ。

ここには日夜、さまざまな妖怪《ようかい》が助けを求《もと》めてやってくる。そして、烏天狗《からすてんぐ》一族が門番、書記、与力《よりき》、同心、食事番、牢番《ろうばん》などを代々務《つと》めている場でもある。飛黒《ひぐろ》は彼《かれ》らの長であり、妖怪奉行《ようかいぶぎょう》の月夜公《つくよのぎみ》の右腕《みぎうで》として働《はたら》いているのだ。

たくさんの烏天狗《からすてんぐ》たちとすれちがいながら、右京《うきょう》も左京《さきょう》も興奮《こうふん》で目をきらめかせていた。二人とも、ここに来るのは初《はじ》めてなのだ。

こらえきれず、左京《さきょう》が口を開いた。

「父上はここで、どんなことをなさるのですか？」

「いろいろだ。害《がい》をなす獣《けもの》を始末《しまつ》したり、悪者をつかまえたり、土砂《どしゃ》や嵐《あらし》で被害《ひがい》を受けたものらの救出《きゅうしゅつ》、山火事の消火、行方《ゆくえ》知れずになった子妖《こよう》捜《さが》し。とにかく、なんでもやっている」

と、月夜公《つくよのぎみ》が廊下《ろうか》の向こうからあらわれた。

大妖怪《だいようかい》にして、妖怪奉行《ようかいぶぎょう》の月夜公《つくよのぎみ》は、今日《きょう》も赤い般若《はんにゃ》の面で顔の半分をおおい、その美しさをいっそうすごみのあるものにしている。長身を包《つつ》むのは、深紅《しんく》の衣《ころも》に、白絹《しらぎぬ》の袴《はかま》。尻《しり》からのびる長い三本の尾《お》は、そろいの衣《ころも》を着た白ねずみたちに支《ささ》えられている。

飛黒《ひぐろ》に気づくなり、月夜公《つくよのぎみ》はすぐに声をかけてきた。

「おお、そこにいたのか、飛黒《ひぐろ》。ん？　そこにいるのは、おぬしの子らか？」

「はい。右京《うきょう》と左京《さきょう》でございまする。二人とも、月夜公《つくよのぎみ》さまにごあいさつせい」

「右京《うきょう》でございまする」

「左京《さきょう》でございまする」

双子《ふたご》はすぐさま頭を下げた。

礼儀《れいぎ》正しい双子《ふたご》に、月夜公《つくよのぎみ》は気をよくしたようだ。美しい口元に笑《え》みがうかんだ。

「そうか。良《よ》い子らではないか。……うむ。ちょうどよい。飛黒《ひぐろ》、その子らを津弓《つゆみ》のもとにやってはくれぬかえ？」

「え？　津弓《つゆみ》さまのもとへ？」

「そうじゃ。すでに一人、津弓《つゆみ》のところに送りこんだが、あの子はにぎやかなのが好《す》きじや。この二人が加《くわ》われば、よりよろこぶであろう」

「あいかわらずあまいことで、いえ……すぐにお屋敷《やしき》に向かいまする」

「そうしてくれ。ああ、子どもらを送ったら、おぬしはすぐにもどってまいれ」

「……あいわかりました」

こうして、妖怪奉行所《ようかいぶぎょうしょ》に来てすぐに、三人は月夜公《つくよのぎみ》の屋敷《やしき》へと向かうことになった。

月夜公《つくよのぎみ》の屋敷《やしき》の奥《おく》にある部屋までやってくると、飛黒《ひぐろ》は部屋に向かって声をかけた。

「津弓《つゆみ》さま。飛黒《ひぐろ》でございまする。入らせていただきまするぞ」

そうして、飛黒《ひぐろ》は部屋の戸を開けた。中は広い座敷《ざしき》となっており、お菓子《かし》やおもちゃが散《ち》らばっていた。そうしたものにかこまれるようにして、一人の男の子が座《すわ》っていた。

ぷっくりとした頰《ほお》をした、かわいらしい色白の男の子だ。見たところ、五歳《さい》か六歳《さい》くらいだろうか。山吹《やまぶき》色の衣《ころも》をまとい、髪《かみ》は顔の両側《りょうがわ》で輪《わ》に結《ゆ》っている。その髪《かみ》から二本の角がちょこりとのぞいており、尻《しり》には細くて白い尾《お》がはえている。

入ってきた飛黒《ひぐろ》を見て、その子はにこっと笑《わら》った。

「あ、飛黒《ひぐろ》。おはよう。あれ、その子たち、だれ？」

「わしのせがれどもで、右京《うきょう》と左京《さきょう》と申しまする」

「へえ。双子《ふたご》？　そっくりだねえ」

まじまじとこちらを見る津弓《つゆみ》に、右京《うきょう》と左京《さきょう》は頭を下げた。

「お初《はつ》にお目にかかりまする、津弓《つゆみ》さま」

「お会いできて、うれしゅうございまする」

「わあ、声まで同じだねえ！」

津弓《つゆみ》は目をみはった。

と、奥《おく》にあったついたての向こうから、ひょこっと、浅黒《あさぐろ》い顔がのぞいた。知っている顔だったので、右京《うきょう》も左京《さきょう》もおどろいた。

「弥助殿《やすけどの》！」

そこにいたのは弥助《やすけ》という少年だった。人間でありながら、妖怪《ようかい》の子どもを預《あず》かる子預《こあず》かり屋《や》をやっており、双子《ふたご》も世話になったことがある。

飛黒《ひぐろ》があきれた声をあげた。

「弥助《やすけ》。おぬし、どうしてそんなところにおる？」

「月夜公《つくよのぎみ》にいきなりひっつかまえられて、ここに連《つ》れてこられたんだよ。でも、金魚鉢《きんぎょばち》の上に落とされてさ。もうびっしょびしょ。だから津弓《つゆみ》に替《か》えの着物を出してもらったんだけど……なあ、津弓《つゆみ》。着替《きが》え、これしかないのか？　赤地に金と銀の大菊《おおぎく》もようだなんて、どっから引っぱりだしてきたんだ？」

「それ、叔父上《おじうえ》のなの。叔父上《おじうえ》はきれいな着物がお好《す》きなの」

「……もっと地味なのはないのか？」

「ないよ。もっとはでなのなら、いっぱいあるけど」

「……もうこれでいいよ」

はでな着物をまとって、弥助《やすけ》は恥《は》ずかしそうについたてから出てきた。

「な、なかなか似合《にあ》っているではないか」

「吹《ふ》きだしそうな声で言われても、うれしかないよ、飛黒《ひぐろ》さん。……ところで、そっちはどうしたんだい？　右京《うきょう》たちを連《つ》れて、どうしてここに来たのさ？」

「せがれどもを津弓《つゆみ》さまの遊び相手に加《くわ》えてやってくれと、月夜公《つくよのぎみ》さまに言われてな」

「なるほどね。あいかわらず月夜公《つくよのぎみ》は津弓《つゆみ》にあまいなぁ」

「おぬしがそれを言うか？　千弥殿《せんやどの》にべたべたにあまやかされているくせに」

「……それを言われると、言いかえせない」

弥助《やすけ》は首をすくめた。養《やしな》い親《おや》の千弥《せんや》は、〝弥助命《やすけ》〟の親ばかなのだ。

一方、遊び相手と聞いて、津弓《つゆみ》の目が大きく見開かれた。

「飛黒《ひぐろ》の子たち……津弓《つゆみ》と遊ぶの？　遊んでくれるの？　わ、うれしい！　よろしくね」

「こちらこそよろしくお願《ねが》いいたしまする。右京《うきょう》でございまする」

「左京《さきょう》でございまする」

礼儀《れいぎ》正しい双子《ふたご》のあいさつに、津弓《つゆみ》はあわてておじぎを返した。

「津弓《つゆみ》、でございまする。よろしゅうお願《ねが》いいたしまする」

「こ、これ、津弓《つゆみ》さま。我《われ》らにそのような礼儀《れいぎ》はいりませぬ。あ、もう行かねば。弥助《やすけ》、では、三人をよろしく頼《たの》んだぞ」

そうして飛黒《ひぐろ》はあわただしく立ち去った。

残《のこ》った右京《うきょう》と左京《さきょう》の顔をながめながら、津弓《つゆみ》はしみじみとつぶやいた。

「ほんとにそっくり。同じ顔が二つならんでて、なんだかおもしろいね。……津弓《つゆみ》も、兄弟がほしかったなぁ。そうすれば、お部屋に閉《と》じこめられても、さびしくなかったのに」

ちょっと沈《しず》んだ顔になる津弓《つゆみ》に、弥助《やすけ》はあえて明るい声でたずねた。

「そういや、今回はどうして閉《と》じこめられたんだ？」

「……この前、王蜜《おうみつ》の君《きみ》と会っちゃったでしょ？　王蜜《おうみつ》の君《きみ》は気まぐれで危険《きけん》だから、近づいちゃいけない、話をしてもいけないって、前から叔父上《おじうえ》には言われていたの。でも、あのときは王蜜《おうみつ》の君《きみ》だって、わからなくて。子猫《こねこ》に化けてたし、梅吉《うめきち》もいっしょだったんだもの。つい、油断《ゆだん》しちゃったの」

「で、三人で屋敷《やしき》を抜《ぬ》けだして、いたずらをしでかして、猫首《ねこくび》にでくわしたと。……うん。そりゃ月夜公《つくよのぎみ》が怒《おこ》るのも無理《むり》ないな」

「で、でも、津弓《つゆみ》は反省《はんせい》したんだよ。あれからずっと、梅吉《うめきち》とも遊んでないし。叔父上《おじうえ》、梅吉《うめきち》はきらいじゃないけれど、津弓《つゆみ》とは遊ばせたくないんだって。ひどいと思わない？」

ふくれっつらになる津弓《つゆみ》に、双子《ふたご》が口々に話しかけた。

「まあまあ、津弓《つゆみ》さま。機嫌《きげん》を直して、遊びましょう」

「なにか楽しく遊びましょう。それならさびしくないでしょう？」

「ほら、この二人もこう言っていることだし。機嫌《きげん》直せって。な？」

「う、うん」

津弓《つゆみ》はすぐに笑顔《えがお》にもどった。

四人はまずすごろくをはじめた。お次は手毬《てまり》で遊び、かるた遊びに盛《も》りあがった。

と、かるたの札《ふだ》を読んでいた弥助《やすけ》が顔をあげた。

「そういや、ここの庭を見たのは夏だったたな。蛍《ほたる》が飛《と》んでて、すごくよかったけど……春の庭ってのも見たいな。津弓《つゆみ》、見にいってもいいか？」

「うん、いいよ！　津弓《つゆみ》が案内《あんない》する！　右京《うきょう》と左京《さきょう》も見にいくでしょ？」

「お供《とも》させていただきまする」

四人は部屋を出て、庭に向かった。

広い庭は春の美しさに満《み》ちていた。すでに桜《さくら》の花は散《ち》ってしまっていたが、さまざまな菖蒲《しょうぶ》が咲《さ》き誇《ほこ》り、足元の草もみずみずしい。

「いやあ、やっぱりすごいな、ここは」

「本当に広うございまする！」

「それに、お池も大きい！　あ、ほら、右京《うきょう》。あそこに鯉《こい》がいます！」

「ちがうよ。あれは鯉《こい》じゃなくて、人魚なの。餌《えさ》をあげると、歌をうたってくれるんだよ」

「それはすてきでございまするね」

と、いきなり弥助《やすけ》が身をかがめ、うれしげな声をあげた。

「お、よもぎがあるじゃないか。うん。やわらかくていいやつだな」

「それ、草でしょ？　なんでよろこぶの？」

「なんだ。津弓《つゆみ》は草餅《くさもち》を食ったことがないのか？」

津弓《つゆみ》はきょとんとした顔をしたが、それは烏天狗《からすてんぐ》の双子《ふたご》も同じだった。

「なんでございまする、弥助殿《やすけどの》？」

「その、草餅《くさもち》というのは？」

「右京《うきょう》も左京《さきょう》も食ったことないのか？　よもぎを餅《もち》に練りこんだやつだよ。香《かお》りがよくて、あれを食うと、春が来たって感じがするんだ」

「津弓《つゆみ》、それ食べたい！　草餅《くさもち》！」

「右京《うきょう》もでございまする！」

「左京《さきょう》もでございまする！」

食べたい食べたいと騒《さわ》ぎだす子妖《こよう》たちに、弥助《やすけ》は鼻の頭をかいた。

「うーん。作るにはまず餅《もち》をつかないと……ま、いいか。それはなんとかなるだろうし。よし。まずはよもぎを集めなきゃな。三人とも、手伝《てつだ》ってくれ。こういうのを探《さが》すんだ。できるだけやわらかいやつがいいぞ」

きゃあきゃあとうれしそうな声をあげて、子どもらはさっと庭に散《ち》った。夢中《むちゅう》になって草をかきわけ、よもぎを探《さが》す。

やがて、どっさりとよもぎが集まった。

「よし。あとはもち米といっしょにつくんだけど……津弓《つゆみ》、台所はどこだい？」

「あっちだよ」

採《と》ったよもぎをかかえこみ、四人は台所へと向かった。

台所は大きくりっぱなもので、かまどが四つもあった。他にも、樽《たる》や甕《かめ》がずらりとならんでいる。みそや酒、しょうゆ、漬物《つけもの》などの匂《にお》いがただよっていた。

弥助《やすけ》は感心したようにつぶやいた。

「すげえ。これだけ広いと、料理《りょうり》するのも楽だろうなあ。あ、そこのお姉《ねえ》さん、ちょっといいかな？」

ちょうど通りかかった下働《したばたら》きの女妖《じょよう》を、弥助《やすけ》は呼《よ》びとめた。

「あい、なんでござんす？」

「もち米をわけてほしいんだ。あと、米を炊《た》く釜《かま》と、臼《うす》と杵《きね》も貸《か》してもらいたいんだけど。おれたち、草餅《くさもち》をこしらえたくてさ」

事情《じじょう》を聞くと、女妖《じょよう》は笑《わら》いながら言ってきた。

「お餅《もち》をつくのは大変《たいへん》ですよ。それより、白玉粉《しらたまこ》を使ってはいかがです？　よもぎを練りこんで、ゆでれば、りっぱな草餅《くさもち》ができますよ」

「あ、そうか。そっちのほうがいいな。白玉粉《しらたまこ》、もらえる？　あと、鍋《なべ》とすり鉢《ばち》も」

「いま、お出ししますよ」

必要《ひつよう》なものを出してもらい、弥助《やすけ》はぐいと袖《そで》をまくった。

「それじゃ、草餅《くさもち》作るかぁ！　おまえたちは、まずよもぎをよく洗《あら》って、茎《くき》を取ってくれ。ていねいにやってくれよ。茎《くき》が入ると、舌触《したざわ》りが悪くなるからな。おれはその間に湯をわかしておくからさ」

「はーい」

子妖《こよう》らがちまちまとよもぎの葉を千切っている間に、弥助《やすけ》はかまどで湯をわかした。

「できたよ、弥助《やすけ》。次はなにをしたらいい？」

「よしよし。それじゃ、今度は白玉粉《しらたまこ》に少しずつ水を入れて、よく練ってくれ。耳たぶくらいのやわらかさになるまで練るんだ。できるか？」

「できる！」

「やりまする！」

「よしよし。それじゃ、おれはこのよもぎをさっとゆでて、あくをとっちまうよ」

湯にひたすと、よもぎの葉はさらにあざやかな色へと変《か》わる。香《かお》りもいっそう強くなり、すがすがしく台所に広がっていく。

やわらかくなったところで、弥助《やすけ》はよもぎを引きあげ、水気をきってから、すり鉢《ばち》に入れた。

「おい、右京《うきょう》。こっちを手伝《てつだ》ってくれ」

「はい！」

うれしげに飛《と》んできた烏天狗《からすてんぐ》の子に、弥助《やすけ》はすりこぎを渡《わた》した。

「こいつでよくすってくれ。おれは鉢《はち》をおさえておくから。疲《つか》れたら交代しような」

「はい！」

「お、そうそう。うまいじゃないか」

形がなくなるまでよもぎをよくすり、それを津弓《つゆみ》たちがこしらえた生地《きじ》へと加《くわ》える段《だん》になった。

ここで、弥助《やすけ》は口をあんぐりあけた。

「……おまえら、あった粉《こな》、ぜんぶ使っちまったの？　茶わんに二杯《はい》くらいで十分だったのに。こりゃ大量《たいりょう》にできちまうな……」

「いいじゃない。津弓《つゆみ》、たくさん食べるもの」

「左京《さきょう》もでございまする！」

「右京《うきょう》も！」

「……そうだな。よもぎも多すぎるくらいだったから、むしろちょうどいいか」

苦笑《にがわら》いしながら、弥助《やすけ》はすりつぶしたよもぎを生地《きじ》に加《くわ》え、よく練りこんだ。真っ白だった生地《きじ》が、春の若草《わかくさ》のような色となった。

「よし。それじゃ、食べやすい大きさに丸めていってくれ。真ん中はちょこっとへこませてな。できたやつは、どんどんおれがゆでてくからさ」

そのあとは流れ作業となった。子妖《こよう》たちがこしらえる白玉を、弥助《やすけ》が次々とゆでていく。ゆであがって浮《う》いてきたやつはすぐにすくいあげ、冷《つめ》たい水をはったたらいへと入れていく。

そうして、大量《たいりょう》のよもぎ白玉ができあがった。

と、さっきの女妖《じょよう》があらわれて、四人分の小鉢《こばち》と、砂糖《さとう》やきなこや黒蜜《くろみつ》を出してくれた。

四人はそれぞれの小鉢《こばち》に好《す》きなだけ白玉をとり、自分好《ごの》みの味付《あじつ》けをした。弥助《やすけ》はあんこを添《そ》え、その上から黒蜜《くろみつ》をたっぷりかけた。津弓《つゆみ》は黒蜜《くろみつ》ときなこ。右京《うきょう》はあんこときなこ。左京《さきょう》は白砂糖《しろざとう》のみ。

そうして食べるよもぎ白玉は、本当においしかった。口の中でもちもちとはねる弾力《だんりょく》、つるんとした喉《のど》ごしに、さわやかなよもぎの香《かお》り。そこに、あんこや黒蜜《くろみつ》のあまみが加《くわ》われば、たまらない味わい深さとなる。

四人はそれぞれ三回もおかわりをした。が、それでもまだ半分以上《いじょう》も残《のこ》ってしまった。

津弓《つゆみ》が声をあげた。

「これ、叔父上《おじうえ》に差《さ》しあげたいな」

「それなら、右京《うきょう》も父上に食べていただきとうございまする」

「左京《さきょう》は、母上におみやげにしとうございまする」

「それならおれも、千にいに持って帰ってやりたいな」

おみやげの分を笹《ささ》の葉で包《つつ》んだあと、残《のこ》った白玉を涼《すず》しげな水晶《すいしょう》の器《うつわ》に入れ、妖怪奉行所《ようかいぶぎょうしょ》へ向かうことにした。

「どうやって行く？　道は知っているのか、津弓《つゆみ》？」

「だいじょうぶだよ、弥助《やすけ》。鳥車を出してもらうから」

そうして門の外に出てみれば、すでに車が用意されていた。

弥助《やすけ》はあっけにとられてしまった。かざりをほどこした美しい牛車《ぎっしゃ》を引くのは、牛ではなく、純白《じゅんぱく》の鳥だったのだ。つばめに似《に》たすがただが、おそろしく大きい。

「これ……なんだ？」

「鳥車だよ。叔父上《おじうえ》のところに行くなら、これが一番速いもの。さ、乗って乗って」

津弓《つゆみ》にせかされ、弥助《やすけ》と双子《ふたご》は車に乗りこんだ。

「叔父上《おじうえ》のいる奉行所《ぶぎょうしょ》まで」

白い鳥に命じたあと、津弓《つゆみ》は車についているすだれをおろした。弥助《やすけ》は文句《もんく》を言った。

「開けとけばいいのに。そうすれば、空を飛《と》んでいる間、外の景色《けしき》が見えるのに」

「だめだめ！　そんなことできないよ！　この鳥はとても速いんだもの。すだれをおろしておかないと、風で吹き飛《ふと》ばされちゃう。そうなったら、弥助《やすけ》、死んじゃうよ？」

まじめな顔で言われ、弥助《やすけ》はちょっと寒気がした。

と、ぴぃぃっと、甲高《かんだか》い音が外から聞こえてきた。

「あ、ついたみたい」

「え、もう？」

「言ったでしょ。この鳥はとても速いって」

うれしそうに笑《わら》いながら、津弓《つゆみ》はすだれをあげた。

たしかに、そこはもう妖怪奉行所《ようかいぶぎょうしょ》の中庭であった。

びっくりしている弥助《やすけ》と双子《ふたご》をあとに残し、津弓《つゆみ》は車から飛《と》びおり、大声で呼《よ》んだ。

「叔父上《おじうえ》！　叔父上《おじうえ》！」

すぐに目の前の障子《しょうじ》が開き、月夜公《つくよのぎみ》があらわれた。そのうしろには飛黒《ひぐろ》もおり、「右《う》京《きょう》？　左京《さきょう》？」と目を丸くする。

月夜公《つくよのぎみ》はすぐさま庭に飛《と》びおりてきて、甥《おい》を抱《だ》きあげた。

「どうしたのじゃ、津弓《つゆみ》？　なにゆえここへ？　なにかあったのかえ？」

「ちがうの。叔父上《おじうえ》にね、白玉を届《とど》けたかったの」

「白玉、とな？」

「はい。叔父上《おじうえ》にぜひ食べていただきたくて。津弓《つゆみ》たちで作ったの」

「津弓《つゆみ》！　そなたという子は！」

愛《あい》する甥《おい》からの差《さ》し入《い》れに、月夜公《つくよのぎみ》は感激《かんげき》のあまり、尾《お》をぶんぶんとふりまわした。飛《ひ》黒《ぐろ》も、うれしそうに息子《むすこ》たちから白玉を受けとった。

そうして、月夜公《つくよのぎみ》と飛黒《ひぐろ》は外廊下《そとろうか》に腰掛《こしか》け、思いがけぬおやつを食べはじめた。

「おいしい、叔父上《おじうえ》？」

「うまい。これほど美味《びみ》なものは食したことがないぞ。のう、飛黒《ひぐろ》？」

「はっ！　舌《した》が踊《おど》りだしそうなうまさでございまするな！」

ほめそやされ、津弓《つゆみ》も双子《ふたご》も顔いっぱいに笑《え》みをうかべた。

と、ここで月夜公《つくよのぎみ》はふと首をかしげた。

「そういえば、飛黒《ひぐろ》よ、なにゆえ息子《むすこ》たちを奉行所《ぶぎょうしょ》に連《つ》れてきたのじゃ？」

「はっ。いずれはこの子らも、奉行所《ぶぎょうしょ》でのお勤《つと》めにつくことでございましょう。そのために、どのような役目があるか、少しずつ見せて学ばせようと思いまして」

「ほう。それはよい心がけじゃ。よかろう。そういうことであれば、おぬしの双子《ふたご》があちこちに顔出しできるよう、とりはからってやろう」

月夜公《つくよのぎみ》の言葉に、津弓《つゆみ》がすぐに声をあげた。

「それなら、津弓《つゆみ》も！　津弓《つゆみ》も、右京《うきょう》たちといっしょに、奉行所《ぶぎょうしょ》を見てまわりたいです」

「よしよし。なれば、津弓《つゆみ》も共《とも》にな」

「ありがとうございます、叔父上《おじうえ》！　あ、弥助《やすけ》は？　弥助《やすけ》もいっしょにどう？」

「お、おれはやめとくよ。年がら年中ここに来たら、千にいがへそ曲げちまうもの。おまえたちだけでがんばりなよ」

「それもそうだね。じゃ、津弓《つゆみ》たちだけでがんばるね」

こうして、右京《うきょう》と左京《さきょう》、それに津弓《つゆみ》は、奉行所《ぶぎょうしょ》を自由に見てまわってよいことになったのである。

2　夫婦《ふうふ》げんかは犬も食わぬ

数日後、右京《うきょう》と左京《さきょう》はふたたび奉行所《ぶぎょうしょ》を見学することにした。今回は二人だけで家を出た。飛黒《ひぐろ》は朝早くから出かけてしまっていたからだ。

だが、二度目の奉行所訪問《ぶぎょうしょほうもん》は、とても騒《さわ》がしいものとなった。門をくぐったところで、あとから駆《か》けこんできた大きな雄鶏《おんどり》にはねとばされそうになったのだ。

「あ、すまぬ！　一大事ゆえ、許《ゆる》してくれ！」

あわただしくわびる雄鶏《おんどり》は、大人がまたがれそうなほど大きかった。とさかは赤々とかがやき、長い尾羽《おばね》もじつに見事だ。が、どういうわけかひどくおびえていた。

雄鶏《おんどり》は奥《おく》へと進み、受付《うけつけ》役の若《わか》い烏天狗《からすてんぐ》に駆《か》けよった。

「頼《たの》む！　助けてくれ！」

「またおまえさんか、朱刻《あけとき》」

うんざりしたようにその烏天狗《からすてんぐ》は言った。

「そんなにおびえて来たってことは、また夫婦《ふうふ》げんかかい？　いけないやつだ。さっさとあやまって許《ゆる》してもらいなよ。いちいち奉行所《ぶぎょうしょ》に来られたんじゃ、こっちは大迷惑《だいめいわく》だ」

「こ、今回は本当にまずいのだ！　あやつ、完全《かんぜん》に血がのぼってしまっておる！　わしをかくまってくれ。そして、あやつをとらえて、冷静《れいせい》になるまで牢《ろう》に閉《と》じこめておいてくれ」

「おいおい。おおげさだな」

「本当のことだ！　とにかく、わしは隠《かく》れる！　便所《べんじょ》にでもひそませてもらう」

「こ、こら！　勝手に入るな！」

止めようとする烏天狗《からすてんぐ》をはねとばし、雄鶏《おんどり》は奥《おく》へばたばたと駆《か》けこんでいってしまった。

「まったく。しょうもないやつめ。……しかし、あいつが来たということは、もうすぐ時《とき》津《つ》さんが来るな。……うーん。同心を五人ほど呼《よ》んでおくか」

ぶつぶつ独《ひと》り言《ごと》を言っていた烏天狗《からすてんぐ》は、ここで双子《ふたご》に気づいた。

「ああ、飛黒《ひぐろ》さまの……。どうも、おれは桐風《きりかぜ》です。ぼっちゃんたちのことは上から聞いています。どうぞ、好《す》きなように見てってください。あ、ただ、しばらく門の近くにはいないほうがいいですよ」

「なぜでございまする？」

「いま飛《と》びこんできた雄鶏《おんどり》ですよ」

桐風《きりかぜ》は、雄鶏《おんどり》が走り去ったほうを指さしながら言った。

「あいつ、朱刻《あけとき》っていうんですが、ひどい浮気《うわき》者でしてね。で、浮気《うわき》がばれるたびに、この奉行所《ぶぎょうしょ》に逃《に》げこんでくるんです。というのも、あいつの女房《にょうぼう》がたいそうおっかないやつでして。いやもう、毎度大さわぎなんですよ。朱刻《あけとき》を追いかけてきた女房《にょうぼう》がここで暴《あば》れるものだから、取りおさえるのも大変《たいへん》なんです」

もうじきその女房《にょうぼう》が来るだろうから、門からはなれたほうがいい。

桐風《きりかぜ》はそう言った。

思わず、右京《うきょう》と左京《さきょう》は首をかしげた。

「そこまでわかっているのに、朱刻殿《あけときどの》はどうして浮気《うわき》するのでございましょう？」

「不思議《ふしぎ》でございまする」

「おれもですよ。正直、あんなおっかないおかみさんがいたら、浮気《うわき》だなんて、とても思いつくことだってできませんがね。……じつは朱刻《あけとき》は大物なのかもしれませんよ」

桐風《きりかぜ》が苦笑《にがわら》いをしたときだ。ふいに影《かげ》がさし、巨大《きょだい》な雌鶏《めんどり》がどすんと舞《ま》いおりてきた。朱刻《あけとき》の五倍はありそうな雌鶏《めんどり》だった。でっぷりとした体をおおうのは黒光りする真っ黒な羽毛《うもう》で、その迫力《はくりょく》といったらない。

目をぎらつかせながら、巨大《きょだい》な雌鶏《めんどり》はさけんだ。

「いま、朱刻《あけとき》って言いなすったね！　やっぱりあのろくでなしはここにいるんだ！　許《ゆる》さない！　今度という今度は許《ゆる》さないよ！　朱刻《あけとき》ぃ！　このくず！　さっさと出といで！　出てこないなら、こっちから行くよ！　見つけたら、はは、どうしてやろうかねぇ！」

しゅうしゅうと、雌鶏《めんどり》のくちばしからは炎《ほのお》がもれている。目も真っ赤に燃《も》えている。

ここで同心の烏天狗《からすてんぐ》たちが駆《か》けつけてきた。

「時津《ときつ》！　控《ひか》えよ！」

「ここをどこと思っておるか！」

「ええい、またぞろぞろと邪魔《じゃま》しに来たね！　とっとうちのろくでなしをお渡《わた》しよ！」

「そうしたいのは山々だが、ここは仮にも奉行所《ぶぎょうしょ》。助けを求《もと》めてまいったものを引きわたすわけにはいかぬ。いったん巣《す》にもどれ！　いずれは朱刻《あけとき》ももどるであろう」

「そんなに時をかけてたまるもんかね！　おどき！　おどきったら！」

じりじりと、時津《ときつ》は前に進んでいく。それを食いとめんと、棒《ぼう》をかまえる同心たち。

ごくりと、右京《うきょう》と左京《さきょう》がつばをのんだときだ。むじゃきな声が響《ひび》いた。

「あ、右京《うきょう》と左京《さきょう》だ！　ねえ、津弓《つゆみ》も来たよぉ。そこでなにしてるのぉ？」

津弓《つゆみ》だった。にこにこ顔で、こちらに走ってくる。

同心たちはいっせいにあわてふためいた。

「つ、津弓《つゆみ》さま！」

「来てはなりませぬ！　おもどりを！」

「え？　なんで？」

津弓《つゆみ》がとまどったように足を止めたときだ。おどろくようなすばやさで、時津《ときつ》は地を蹴《け》り、同心たちの頭の上を飛《と》びこえた。そうして、津弓《つゆみ》の襟《えり》をくわえあげたのだ。

ぎょっとする烏天狗《からすてんぐ》たちに、時津《ときつ》は唸《うな》るように言った。

「この子はうちで預《あず》かるよ。朱刻《あけとき》を渡《わた》してくれるなら、返してやろうじゃないか」

ほこりを巻《ま》きおこし、時津《ときつ》は重たい羽ばたきとともに去っていった。目をまん丸にしている津弓《つゆみ》をくわえて……。

烏天狗《からすてんぐ》たちはわなわなふるえながら、顔を突《つ》きつけあった。

「おい、どうするのじゃ！」

「まずい。これはまずいぞ」

「幸いにして、月夜公《つくよのぎみ》さまはお留守《るす》だが……もし、このことをお知りになったら……」

「朱刻《あけとき》、時津《ときつ》はむろんのこと、我《われ》らの首も危《あや》ういぞ」

「いっそ、朱刻《あけとき》を引きわたすか？」

「いや、それでは奉行所《ぶぎょうしょ》の立場が……」

「立場より、津弓《つゆみ》さまの安全じゃ！」

「しかし！」

大人たちの

このあわてぶりに、双子《ふたご》は逆《ぎゃく》に冷静《れいせい》になった。右京《うきょう》は弟にささやきかけた。

「ねえ、左京《さきょう》。とりあえず、我《われ》らだけでも時津殿《ときつどの》を追いかけるのはどうかしら？」

「左京《さきょう》も、そう思っていたところです。……追いついたら、津弓《つゆみ》さまのかわりに我《われ》らを人《ひと》質《じち》にしてくれるよう、頼《たの》んでみますか？」

「そうしましょう」

双子《ふたご》はうなずきあい、おろおろしている大人たちを残《のこ》して、その場から飛《と》びたった。

一方、津弓《つゆみ》はというと、泣《な》いてはいなかった。さらわれたことはわかっていたが、なぜかこわくはなかった。大きな雌鶏《めんどり》に対して感じたのは、むしろ胸《むね》がつんとするような痛々《いたいた》しさだ。

だから、雌鶏《めんどり》が広い野原におりたったとき、津弓《つゆみ》は思わず聞いたのだ。

「いったい、どうしたの？　なにがそんなに悲しいの？」

「悲しい？」

びっくりしたように、時津《ときつ》は津弓《つゆみ》をはなした。

「悲しいって……とんでもない！　あたしゃ怒《おこ》っているだけですよ。ぼっちゃんには悪いけど、人質《ひとじち》になってもらいますよ。なにがなんでも亭主《ていしゅ》を渡《わた》してもらわなきゃ。……今度という今度は、許《ゆる》さない。あいつの目をつぶして、他の雌鳥《めすどり》が見られないようにしてやる。あのごりっぱなとさかをついばんで、短く刈《か》りとってやる」

しゃあっと、くちばしから炎《ほのお》をのぞかせる時津《ときつ》に、津弓《つゆみ》は初《はじ》めておびえた。

「そんなこわいこと言ったらやだ」

「別《べつ》にぼっちゃんをひどい目にあわせるつもりはありませんって。あたしがとっちめたいのは、うちのろくでなしだけだもの」

「それでもやだよ。こわいもの」

「やさしいんですね。……ぼっちゃん、名前は？」

「津弓《つゆみ》だよ。そっちは？」

「……時津《ときつ》といいます」

「時津《ときつ》？　あ、もしかして、旦那《だんな》さんは朱刻《あけとき》？　津弓《つゆみ》、知ってる。毛羽毛現《けうけげん》の姫君《ひめぎみ》を運ぶ鶏《にわとり》でしょう？」

「へえ、ぼっちゃんがうちのろくでなしをご存《ぞん》じとはねえ」

「うん。梅吉《うめきち》が教えてくれたの。年がら年中、浮気《うわき》している鶏《にわとり》がいるって。この前まで、白鷺《しらさぎ》ヶ淵《がふち》の水鳥となかよくしてて、その前は錦森《にしきもり》のうぐいすの君をくどいていたって」

穏《おだ》やかになりかけていた時津《ときつ》の目が、くわっと燃《も》えあがった。

「へえ、そうなんですか。錦森《にしきもり》のうぐいすをねぇ。水鳥のことは知っていたけど、まさか、うぐいすの小娘《こむすめ》にまで色目を使っていたとは。ほんと、どうしようもない！」

ののしりだす時津《ときつ》に、まずいことを言ったのかもと、津弓《つゆみ》はやっと気づいた。

双子《ふたご》の右京《うきょう》と左京《さきょう》が追いついてきたのは、ちょうどそのときだった。

「津弓《つゆみ》さま！」

「ご無事《ぶじ》でございまするか？」

「あ、右京《うきょう》！　左京《さきょう》！」

手をふる津弓《つゆみ》を、時津《ときつ》はさっと翼《つばさ》でかこいこんだ。

「なんだい。ずいぶんかわいい追っ手だねぇ。あいにくだけど、このぼっちゃんを返すわけにはいかないよ。なんとしても、うちの亭主《ていしゅ》を返してもらわなきゃいけないからねぇ」

「時津殿《ときつどの》。それでは、津弓《つゆみ》さまと我《われ》らを交換《こうかん》していただけませぬか？」

「我《われ》らは、烏天狗《からすてんぐ》の飛黒《ひぐろ》の子でございまする。人質《ひとじち》として不足《ふそく》はないと思いまする」

双子《ふたご》の申し出に、津弓《つゆみ》はきっぱりと首を横にふった。

「そんなのだめだよ。そんなことしたら、飛黒《ひぐろ》が心配するもの。それにね、津弓《つゆみ》は人質《ひとじち》じゃないよ。時津《ときつ》の話を聞いて、なぐさめてあげたいんだもの」

津弓以外《つゆみいがい》の全員が、目をぱちくりさせた。

「なぐさめ、る……?」

「うん。時津《ときつ》はいやなことで胸《むね》がいっぱいになってて、苦しくて、つらいんでしょ? 弥助《やすけ》が言ってたよ。そういうときは、吐《は》きだしてしまえばいいって。だれかに聞いてもらうのが、一番楽になれるんだって。津弓《つゆみ》、お話聞くよ。話してみない?」

津弓《つゆみ》のまなざしと言葉に、時津《ときつ》は小さくため息をついた。

「ああ、なんだか気が抜《ぬ》けちまったねぇ。それじゃ、ぼっちゃん。ちょいとぐちを聞いておくんなさいな。そっちのぼっちゃんたちも、もっと近くにおよりなさいよ」

時津《ときつ》は亭主《ていしゅ》への不満《ふまん》を吐《は》きだしはじめた。こんなことがあっただの、こんな理由で腹《はら》が立っただの。よほどたまっていたのだろう。あとからあとから出てくる。

津弓《つゆみ》はもちろん、双子《ふたご》もあっけにとられて聞いていた。

思わず右京《うきょう》は言った。

「そんなに朱刻殿《あけときどの》のことがおきらいなら、いっそ別《わか》れてはいかがでございまする?」

「わ、別《わか》れる?」

うろたえたように時津《ときつ》は視線《しせん》をさ迷《まよ》わせた。

「いや、そう簡単《かんたん》にはいかないんだよ。あ、いや、別《わか》れたくないんじゃないよ。ただ、まわりがうるさくてね。うちのろくでなしは見た目だけはりっぱだから。あんな亭主《ていしゅ》を手ばなすなんて、おまえはばかだと、おばば鳥たちに言われちまうだろうし」

「そんなこと、関係《かんけい》ないではありませぬか」

「そうですとも。自分が幸せになるのが一番でございまする」

まじめにずばずばと言う双子《ふたご》。だが、津弓《つゆみ》が割《わ》って入った。

「だめだよ、そんなの。だってね、時津《ときつ》は朱刻《あけとき》のことが好《す》きなんだもの。やきもちを焼《や》くのは、好《す》きだからでしょ? 好《す》きだから、他の雌鳥《めすどり》のことを見てほしくないんでしょ?」

「ぼ、ぼっちゃん」

津弓《つゆみ》は手をのばし、わななきだした時津《ときつ》のくちばしをそっとなでた。

「こんなふうに時津《ときつ》を泣《な》かすなんて、ほんとにいけないよね。時津《ときつ》は朱刻《あけとき》のことが好《す》きなのにね。津弓《つゆみ》が朱刻《あけとき》のこと、しかってあげる。時津《ときつ》のことを苦しめちゃだめって」

「………」

それからしばらくして、ようやく奉行所《ぶぎょうしょ》の同心たちが追いついてきた。

彼《かれ》らが見たのは、おいおいと泣《な》きくずれている時津《ときつ》と、それを必死《ひっし》でなぐさめている子《こ》妖《よう》たちのすがたであった。


その夜、自宅《じたく》にもどった飛黒《ひぐろ》は、さっそく右京《うきょう》と左京《さきょう》にたずねた。

「さて、今日《きょう》はおまえたちはどのようなことをしたのだ？」

「はい。夫婦《ふうふ》げんかを止めました」

「そうか。それはなかなか大変《たいへん》であっただろう。そこからなにか学んだか？」

「夫婦《ふうふ》げんかは犬も食わぬ、というのを学びました」

着替《きが》えにかかっていた飛黒《ひぐろ》は、ずるっと足をすべらせた。

「ど、どこで、そんな言葉をおぼえた？」

「奉行所《ぶぎょうしょ》で、同心の方々が口々に言っておられました。ね、左京《さきょう》？」

「はい、右京《うきょう》」

くすくすっと、双子《ふたご》は笑《わら》いあった。

実際《じっさい》、この夫婦《ふうふ》げんかの結末《けつまつ》はおそまつなものだった。時津《ときつ》が泣《な》いていると聞くや、それまで縁《えん》の下《した》でふるえていた朱刻《あけとき》が、顔色を変《か》えて飛《と》びだしてきたのだ。

「時津《ときつ》、いま行く！　わしが悪かった！」

そう絶叫《ぜっきょう》し、時津《ときつ》のもとへ飛《と》んでいく朱刻《あけとき》。そのすがたを見送りながら、奉行所《ぶぎょうしょ》にもどってきた子妖《こよう》らは桐風《きりかぜ》にたずねたのだ。

「これからどうなるのでしょう？」

「どうもこうも」

生ぬるい目をしながら、桐風《きりかぜ》が答えてくれた。

「これから朱刻《あけとき》がはでにあやまって、悔《く》いてみせて……時津《ときつ》は、ばかだとか、もう知らないだとか、しばらくすねたようすを見せるでしょう。でも、結局《けっきょく》のところ、いつものように仲直《なかなお》りするんですよ。あの二羽は、ほんとはお互《たが》いにべた惚《ぼ》れですからねぇ」

「……夫婦《ふうふ》げんかって、そういうものなのでございまするね」

「犬も食わないってやつですよ。ああ、ばからしい。でも、ぼっちゃんたちはたいしたものですよ。時津《ときつ》をなだめるのは、月夜公《つくよのぎみ》さまでも苦労《くろう》されるってのに。本当にお手柄《てがら》です。今後は、ぼっちゃんたちに夫婦《ふうふ》げんかを止めてもらいましょうかねえ」

桐風《きりかぜ》の言葉は、いまも右京《うきょう》と左京《さきょう》の心に残《のこ》っている。初《はじ》めて、奉行所《ぶぎょうしょ》のお役に立てたのだ。それがとてもほこらしかった。
一方、飛黒《ひぐろ》はしきりに首をかしげていた。
夫婦《ふうふ》げんかは犬も食わぬ。いったい、なにを見てそれを学んだというのだろう?
問いつめてみたが、子どもらは笑《わら》うばかりで答えなかった。

3　書庫の謎《なぞ》

「本日は書庫に行こうと思うのです、父上」

その日、朝飯《あさめし》の席《せき》で、右京《うきょう》が言うと、飛黒《ひぐろ》は顔をほころばせた。

「それはいいな。奉行所《ぶぎょうしょ》の書庫は、見事なものだぞ。あらゆる書物が集められている。絵《え》巻《まき》や図録《ずろく》、読み物、武術《ぶじゅつ》指南書などがたくさんあるぞ。まずは書庫番、玄空《げんくう》にあいさつし、いろいろと教えてもらうといいだろう」

「はい、わかりました！」

「右京《うきょう》も承知《しょうち》しました！」

双子《ふたご》は元気よく返事をした。

そして半刻後《はんとき》、同じくらいの元気のよさで、奉行所《ぶぎょうしょ》書庫番、玄空《げんくう》にあいさつをしたのだ。

「お初《はつ》にお目にかかりまする！　我《われ》ら、飛黒《ひぐろ》が子、右京《うきょう》と左京《さきょう》でございまする」

「そちらは書庫番の玄空殿《げんくうどの》でございまするね。どうぞよろしくお願《ねが》いいたしまする！」

玄空《げんくう》は、とても歳《とし》をとっていた。体は細く縮《ちぢ》み、羽もつやのない銀色だ。だが、目には深い知性《ちせい》と、若者《わかもの》のような好奇心《こうきしん》がきらめいている。

かわいらしくさえずる双子《ふたご》に、玄空《げんくう》はほほえんだ。

「元気がよくて、なにより。ここに来たということは、書庫の案内《あんない》をご希望《きぼう》かな？　では、まずは記録《きろく》の保管庫《ほかんこ》に案内《あんない》してしんぜよう。そのあとは勉学の間かな。そうじゃ。あとで少し手伝《てつだ》ってほしいことがあるのじゃが、どうかな？」

「やりまする！」

「お手伝《てつだ》いいたしまする！」

「ありがたい。あとは、津弓《つゆみ》さまがいらっしゃると聞いていたのだが、まだかのぅ？」

ここで津弓《つゆみ》がどたばたと走りこんできた。

三人そろったということで、玄空《げんくう》はゆっくり歩きだした。

書庫はとても大きく、その半分が、記録《きろく》の保管庫《ほかんこ》として使われていた。天井《てんじょう》まである棚《たな》がずらりとならんでおり、冊子《さっし》がぎっしりと入っている。冊子《さっし》の中身は、奉行所《ぶぎょうしょ》が手がけた事件《じけん》や申し立ての内容《ないよう》だという。

「赤い冊子《さっし》は事件《じけん》で、青い冊子《さっし》はあやかしたちからの申し立てじゃ。ああ、そちらの黄色の冊子《さっし》には、この奉行所《ぶぎょうしょ》が消し止めた火事の場所、日にちを記してある」

「それじゃ、あの緑の冊子《さっし》は？」

「あれはですな、津弓《つゆみ》さま、特別《とくべつ》な術《じゅつ》や呪《のろ》いのやり方、魔具《まぐ》などの使い方を記したものです。我《われ》ら奉行所《ぶぎょうしょ》の烏天狗《からすてんぐ》はそうした技《わざ》を知っていなければなりませぬが、やたらと使って良《よ》いものでもない。ゆえに、こうした緑の冊子《さっし》は、貸《か》し出《だ》しは禁《きん》じております。学びたいものは、ここの勉学の間にて、あれらの冊子《さっし》を読むのです」

そう言って、玄空《げんくう》は今度は勉学の間へと、子どもらを案内《あんない》した。

これまた保管庫《ほかんこ》と同じほどに広く、たくさんの棚《たな》には書物や巻物《まきもの》がつまっている。そして、長い机《つくえ》がならべられ、草を編《あ》んだ座布団《ざぶとん》が敷《し》いてあった。

「ここで本を読んで、学ぶのでございまするね？」

「さよう。最近《さいきん》は牢番《ろうばん》の風丸《かぜまる》なども、休みの日によくやってきますよ。のんびりした若者《わかもの》であったのが、いまは目を血走らせて、書物を読みふけっている。出世したいと言っておりましたが、まあ、あのがんばりようは、恋人《こいびと》ができたからにちがいない」

玄空《げんくう》はくすりと笑《わら》った。目を丸くしながら、津弓《つゆみ》がたずねた。

「恋人《こいびと》ができると、変《か》わるの？」

「それはそうでございますよ、津弓《つゆみ》さま。かわいい娘《むすめ》のためなら、若者《わかもの》ははりきるものですからな。ふふ、津弓《つゆみ》さまも、いずれこの気持ちがわかりましょう」

さて、と玄空《げんくう》はふたたび三人を保管庫《ほかんこ》へと連《つ》れていった。

「では、そろそろ手伝《てつだ》っていただきましょう。ぱらぱらと、こう、冊子《さっし》の紙をめくっていってくだされ。糸が切れて紙がばらけるもの、字が薄《うす》れて読みにくくなっているものは、こちらの箱に。まともなものは、元通りの場所にもどしてくだされ」

「どこからどこまでやりまするか？」

「そうですな。とりあえず、こちらの棚《たな》のすみからすみまで」

「ひえっ！　こ、これ、大仕事だね」

「だからこそ、お手を借《か》りたいのですよ、津弓《つゆみ》さま。あ、冊子《さっし》の中には紙食い虫、墨食《すみく》い虫《むし》がひそんでいることもありましょう。見つけたら、箸《はし》でつまんで、この虫食いの壺《つぼ》へ入れてくだされ。では、よろしゅう頼《たの》みましたぞ」

子妖《こよう》らははりきって作業にとりかかった。冊子《さっし》はそれこそ山ほどあったが、三人でやれば、なかなかはかどる。それに傷《いた》んでいる冊子《さっし》はほとんどなかった。

だが、作業をはじめてからしばらくたったときだった。津弓《つゆみ》が小さな悲鳴をあげたのだ。

「きゃっ！」

「どうしました、津弓《つゆみ》さま？」

「へ、変《へん》なのがいた！」

津弓《つゆみ》が差《さ》しだしたのは、分厚《ぶあつ》い冊子《さっし》だった。その広げられた紙の上に、青黒いみみずのような虫がいた。ざりざりと、墨《すみ》で書かれた字を一心になめている。虫になめられている字は、他のものよりも薄《うす》くなりつつあった。

「こ、これは……墨食《すみく》い虫《むし》、とやらではありませぬか？」

「そ、そうだよね。津弓《つゆみ》もそう思う」

「箸《はし》！　箸《はし》はどこに置《お》きました、右京《うきょう》？」

「ここです、左京《さきょう》。さ、津弓《つゆみ》さま、どうぞ。この箸《はし》で虫をつまみとってくださいませ」

「やだよ！　絶対《ぜったい》やだ！　右京《うきょう》、やってよ。左京《さきょう》でもいいから」

大さわぎの末《すえ》、左京《さきょう》が虫をつまんで、虫用の壺《つぼ》へと投げこんだ。

そのあとも、子妖《こよう》らはせっせと作業をつづけていった。

と、またしても津弓《つゆみ》が声をあげた。

「あれ？　この本、なんかぐらぐらしている。とじている糸がゆるんでいるのかな？……あっ！　これ、何枚《まい》か中の紙がない！」

そのとおりだった。その冊子《さっし》の真ん中あたりの紙が、四枚《まい》か五枚《まい》ほど、千切りとられてしまっている。たぶん、だれかが持ちさったのだ。

三人はだまりこくって、その冊子《さっし》を見つめた。緑の表紙がついているから、術《じゅつ》や呪《のろ》いのやり方を記したものなのだろう。貸《か》し出《だ》し禁止《きんし》の貴重《きちょう》な冊子《さっし》を、こんなふうに千切るとは。

だが、さらにもう一冊、同じように紙が引き千切られた冊子《さっし》が見つかった。こちらは赤い表紙を持つ冊子《さっし》、つまり過去《かこ》の事件《じけん》を記録《きろく》したもので、ごっそりと、二十枚以上《まいいじょう》もなくなっているようだった。

子妖《こよう》たちは顔を見あわせた。

「……これ、同じやつのしわざかしら？」

「たぶん、そうでございましょう。ほら、千切り方が同じでございまする」

「でも、いったい、だれのしわざでございましょう？　それに、どうしてこの二冊《さつ》だけがねらわれたのでございましょう？　冊子《さっし》なら、他にもたくさんあるというのに」

「……こちらの赤い冊子《さっし》は、だいぶ古そうでございまするね。ほら、紙も墨《すみ》も、古びた匂《にお》いがしまする」

と、津弓《つゆみ》がはっとした顔をした。

「……もしかしたら、叔父上《おじうえ》のねずみたちのしわざかもしれない」

月夜公《つくよのぎみ》の尾《お》を支《ささ》える三匹《びき》の白ねずみは、もともとは月夜公《つくよのぎみ》が紙でこしらえた式神だ。だが、年月をへて、魂《たましい》と意志《いし》を持つようになり、ついには子さえ欲《ほっ》するようになった。

月夜公《つくよのぎみ》はそれをかなえ、小石から子ねずみを作って、彼《かれ》らに与《あた》えた。親となった三匹《びき》は、子ねずみを「四朗《しろう》」と名づけ、それはそれはかわいがっているという。

三匹《びき》ねずみについて、右京《うきょう》と左京《さきょう》が知っているのはそれくらいだ。

「どうしてあの三匹《びき》のしわざだと思うのでございまする？」

「前に……前に、叔父上《おじうえ》が言っていたの。紙から生まれたあのねずみたちは、紙で作った寝床《ねどこ》を好《この》むって。それも古い紙、墨《すみ》の香《かお》りの染《し》みついた紙が一番好《す》きなんだって。叔父上《おじうえ》は前に一度、綿布団《わたぶとん》をあげたそうだけど、ねずみたちは返してきたって言ってたもの」

そう言われると、右京《うきょう》たちもねずみたちがあやしいという気がしてきた。

あの小さなねずみたちであれば、夜中にこっそり書庫に忍《しの》びこむのもかんたんだろう。

この千切られた痕《あと》というのも、だんだんとねずみの嚙《か》み痕《あと》に見えてくる。

「どういたしまする？　玄空殿《げんくうどの》に申しあげましょうか？」

「だ、だめ。……あの三匹《びき》は叔父上《おじうえ》の家来なんだもの。家来の罪《つみ》は、叔父上《おじうえ》の恥《はじ》になるもの。まずは本当かどうか、あの三匹《びき》のところに行って、たしかめなきゃ。……ねえ、津弓《つゆみ》たちで紙どろぼうをさがすっていうのはどう？　だれがやったかをつきとめたあとで、叔《お》父上《じうえ》と玄空《げんくう》にお伝《つた》えすれば、とてもほめていただけると思うし」

津弓《つゆみ》の言葉に、双子《ふたご》はすぐに乗り気になった。

「やりましょう、津弓《つゆみ》さま」

「我《われ》ら、お手伝《てつだ》いいたしまする」

「うん。いっしょにやろうね」

三人はなに食わぬ顔をして玄空《げんくう》のところに行き、「すべての棚《たな》を調べた」と、報告《ほうこく》した。

玄空《げんくう》はよろこび、ごほうびに麦飴《むぎあめ》をくれた。

そうして三人はいったん書庫を出て、ひそひそと言葉を交《か》わした。

「あの三匹《びき》の住まいは、月夜公《つくよのぎみ》のお屋敷《やしき》でございまするか？」

「うん。屋根裏《やねうら》に住んでるの。三匹《びき》はまだしばらくもどってこないと思うから……いまのうちに、屋根裏《やねうら》に行って、取られた紙がないか、調べてみよう」

そこで三人は月夜公《つくよのぎみ》の屋敷《やしき》へと向かい、その屋根裏《やねうら》へとそっと忍《しの》びこんだ。

屋根と天井板《てんじょういた》の間にできた空間には、紙でできた丸い西瓜《すいか》のようなものがいくつもあった。丈夫《じょうぶ》で、指でつついてもびくともしない。

なんだろうと、首をかしげる双子《ふたご》に、津弓《つゆみ》がささやいた。

「これはきっと巣《す》だよ。ねずみたちの巣《す》だよ。ほら見て。これ、ぜんぶ紙を細かく千切って、貼《は》りあわせてある。それに入口用の穴《あな》も開いているよ？」

なるほど、どの巣《す》にも、上には丸い穴《あな》がある。いかにもねずみが出入りしそうな穴《あな》だ。

それに、巣《す》に使われている紙はどれも古そうで、字が書きつけられているものも多い。

ねずみたちはどこからか紙をかき集めてきたのだろう。それをこうして細かく千切り、貼《は》りあわせて巣《す》にしていったにちがいない。

三人は手分けして巣《す》を見てまわり、なくなった冊子《さっし》の紙が使われてはいないか、調べていった。だが、それらしいものを見つけるのはむずかしかった。紙はどれも細かく裂《さ》かれていたし、字が書いてあっても、それが例《れい》の冊子《さっし》のものかはわからない。

これでは探《さが》してもむだではないか。

右京《うきょう》がそう言おうとしたときだ。あっと、津弓《つゆみ》が小さな声をあげた。

「えっ、見つけたのでございまするか?」

「ううん。ちがう。ちがうけど、ほら、見て!」

興奮《こうふん》したようすで、津弓《つゆみ》は自分がのぞきこんでいた巣《す》を指さした。

上に開いた穴《あな》から、右京《うきょう》と左京《さきょう》はかわるがわるに中をのぞいた。

はっとした。

中には、小さな小さなねずみが丸くなっていたのだ。

津弓《つゆみ》の親指ほどの子ねずみで、白いぽやぽやとしたうぶげにおおわれている。赤い着物に包《くる》まれ、すやすやと眠《ねむ》っているすがたに、子妖《こよう》らはため息をついた。

「これは四朗《しろう》でございまするね」

「きっとそうでございまするね。……なんと、かわいらしい」

「ほんと。ほんとにかわいいね」

かわりばんこに巣《す》をのぞきこんでいたときだ。ふいに、甲高《かんだか》い声が飛《と》んできた。

「なにもの!」

「そこでなにをしている!」

しゃっと、白い小石のようなものが三つ、巣《す》の上に駆《か》けあがってきた。いきなりだった

ので、子妖《こよう》たちはそろって尻《しり》もちをついてしまった。

三匹《びき》ねずみがもどってきたのだ。

ねずみたちの名は、一彦《いちひこ》、二吉《にきち》、三太《さんた》。式神生まれのせいか、いつもはわりと無表情《むひょうじょう》なのだが、いまはちがった。びりびりするような気をまとい、目もはげしく燃《も》えている。小さな体が何倍にも大きくなったように見え、そのあまりのおそろしさに、津弓《つゆみ》はもう少しでもらしそうになった。

だが、三匹《びき》はすぐに目つきをやわらげた。

「これは……津弓《つゆみ》さま。失礼《しつれい》をいたしました。てっきり、四朗《しろう》をさらおうとする不届《ふとど》き者《もの》かと、勘《かん》ちがいをいたしました」

「どうしたのでございまする？　このような

場所にいらっしゃるとは」

「もしや、我《われ》らの四朗《しろう》を見にいらっしゃったのでございまするか？」

「あ、うん、その……四朗《しろう》、すごくかわいいね」

子をほめられ、ぱっと、ねずみたちの顔がかがやいた。

「はい。本当に良《よ》い子なのでございまする」

「もう、本当にかわいくて」

ぺらぺらとしゃべる三匹《びき》ねずみに、右京《うきょう》が言った。

「留守《るす》中に勝手にあがってしまい、申《もう》し訳《わけ》ございませんでした。我《われ》らは烏天狗《からすてんぐ》の右京《うきょう》と左《さ》京《きょう》でございまする。えっと……これらはみなさまで作られた巣《す》なのでございまするか？」

「はい。我《われ》らでこしらえました」

三匹《びき》は得意《とくい》げにうなずいた。

「主《あるじ》さまがいらぬとおっしゃった紙を、少しずついただいて、作ったのでございまする」

「……月夜公《つくよのぎみ》さまからいただいた紙だけを使ったのでございまするか？　他の紙は使わなかったのでございまするか？」

右京《うきょう》はさりげなくたずねたつもりだった。だが、ねずみたちは敏感《びんかん》になにかを感じとったらしい。すっと真顔になった。

「四朗《しろう》を見にいらっしゃったのではないのでございまするね？」

「なにをお知りになりたいのでございまする？」

「本当のことをおっしゃってくださいませ」

こうなっては白状《はくじょう》するよりしかたなかった。

しどろもどろになりながら、子妖《こよう》らはすべてを話した。

聞きおえたとき、三匹《びき》ねずみは悲しげな目となっていた。一彦《いちひこ》が言った。

「それが……目的でございまするか？　我《われ》らが盗《ぬす》みを働《はたら》いた。そう思い、証拠《しょうこ》探《さが》しにまいられたのでございまするか？　それは……あんまりでございまする」

「我《われ》らはたしかに、半端《はんぱ》なあやかしと言えましょう。なれど、そのような情《なさ》けなきこと、我《われ》らは決していたしませぬ」

「そう思われてしまったことが、情《なさ》けのうございます」

ほろほろと、静《しず》かに泣《な》くねずみたち。その涙《なみだ》が、子妖《こよう》たちには刃《やいば》のように感じられた。

「ごめん！」

「申《もう》し訳《わけ》ございませぬ！」

「お許《ゆる》しくださいませ！」

それだけさけぶのがやっとで、三人はあわてて逃《に》げだした。

そのまま津弓《つゆみ》の部屋に逃《に》げこんだのだが、恥《は》ずかしくて、おそろしくて、三人とも真っ青になっていた。

「は、恥《は》ずかしいことをいたしました」

「申《もう》し訳《わけ》ないことをいたしました」

「どうしよう。ゆ、許《ゆる》してくれるかしら？」

自分たちのやったことは、ねずみたちの心をひどく傷《きず》つけたのだ。それがつらかった。

だが、部屋に閉《と》じこもってめそめそしていても、どうにもならない。

こうなったら、なにがなんでも本当の紙どろぼうをとらえてやる。その上で、三匹《びき》ねずみに改《あらた》めてわびるとしよう。

では、どうする？　これからどうしよう？

三人は頭をくっつけあうようにして話しあった。そして、一つの案《あん》を思いついたのだ。

その夜、右京《うきょう》と左京《さきょう》はこっそりと家を抜《ぬ》けだした。父の飛黒《ひぐろ》は夜番のために家におらず、抜《ぬ》けだすのはたやすかった。

そのまま奉行所《ぶぎょうしょ》へと飛《と》び、そっと書庫の屋根へと舞《ま》いおりた。小さな双子《ふたご》のすがたは、見張《みは》りのものにも見られることはなかった。

そのまま身をひそめていると、やがて津弓《つゆみ》がすがたをあらわした。

津弓《つゆみ》は今夜は奉行所《ぶぎょうしょ》に泊《と》まっていた。叔父上《おじうえ》のそばにいたいと、月夜公《つくよのぎみ》にせがんだのだ。

もちろん、月夜公《つくよのぎみ》は甥《おい》のおねだりを聞き入れた。

そうしてまんまと奉行所《ぶぎょうしょ》にとどまった津弓《つゆみ》は、約束《やくそく》の時刻《じこく》に月夜公《つくよのぎみ》の部屋を抜《ぬ》けだしてきたというわけだ。

双子《ふたご》はすぐに舞《ま》いおり、津弓《つゆみ》の両腕《りょううで》をつかんで、屋根へと引っぱりあげた。

津弓《つゆみ》の手には、小さな壺《つぼ》があった。叔父《おじ》の部屋からこっそり持ちだしてきた秘薬《ひやく》だ。それを一滴《てき》、屋根にしたたらせれば、分厚《ぶあつ》い屋根瓦《やねがわら》がぐにゃりとやわらかくなった。

三人はうなずきを交《か》わし、まるで池に飛《と》びこむように、そこへと飛《と》びこんだ。

わずかなさざ波を立て、屋根は三人をのみこみ、するりと中へ通してくれた。

三人が落ちた先は、書庫の奥《おく》だった。近くの棚《たな》の上段《じょうだん》がちょうどよく空だったので、そこに入りこんだ。しばらくじっとしていたが、だれかが近づいてくる気配はなかった。

ほっと、津弓《つゆみ》が息をついた。

「だいじょうぶみたいだね。だれにも気づかれてないみたいだし」

「ようございました」

「それにしても、その秘薬《ひやく》の効力《こうりょく》はすごいものでございまするね」

「うん。屋根を通りぬけたときは、なんだかおもしろかったね」

紙どろぼうは、またやってくるかもしれない。それはきっと夜であるはず。だから自分たちもこっそり書庫に忍《しの》びこみ、朝まで見張《みは》りをしよう。もし、紙どろぼうがやってきたら、そこを取りおさえよう。

これが、三人の考えた策《さく》だった。

「見張《みは》りに待《ま》ち伏《ぶ》せ。まるで本当の捕《と》り物《もの》のようでございまする」

「わくわくするね」

ひそひそと言葉を交《か》わし、持ってきた焼《や》き餅《もち》をかじりながら、ひたすら待った。

だが、なにも起こらない。

次第《しだい》に、三人はあきてきた。眠《ねむ》くもなってきた。身をくっつけあっているので、たがいの温《ぬく》もりがよけいに眠気《ねむけ》を誘《さそ》う。

うとうととしだしたときだ。ふわっと、空気がゆらいだのに、左京《さきょう》が気づいた。風が入ってきた。風とともに、なにものかの気配も。

来た！

眠気《ねむけ》がふっとび、左京《さきょう》はすぐさま他の二人をつついた。

「ん？　なにぃ？」

「しっ！　だれか入ってきたようでございまする！」

たちまち、津弓《つゆみ》と右京《うきょう》の目もぱちりと開いた。

三人は息を殺《ころ》しながら、書庫にやってきた者の気配をうかがった。

いる。あちらの書棚《しょだな》のところに立っている。

ぺらぺらと紙をめくる音がした。書棚《しょだな》から書物を引きぬいてはもどし、また新たな一冊を引きぬく音もだ。どうやら、なにかを調べているらしい。

そろりと、三人は動きだした。

進むと、ほの白い影《かげ》が前方に見えてきた。

三人はいっせいに飛《と》びかかった。よろめく相手に、それぞれ必死《ひっし》でしがみつく。

「ご、御用《ごよう》だ！」

「御用《ごよう》でございまする！」

「か、観念《かんねん》するのでございまする！」

さけぶ子妖《こよう》らに、とりつかれた相手がはっと息をのんだ。

「その声……津弓《つゆみ》か！」

「え？　お、叔父上《おじうえ》？」

ぱっとその場が明るくなった。

津弓《つゆみ》はもちろん、右京《うきょう》と左京《さきょう》も言葉を失《うしな》った。三人がしがみついていた相手は、まぎれもなく月夜公《つくよのぎみ》であったのだ。

あっけにとられた顔をしたものの、月夜公《つくよのぎみ》はすぐに我《われ》に返った。

「こんなところでなにをしておるのじゃ、津弓《つゆみ》！　それに、そこの双子《ふたご》。飛黒《ひぐろ》の息子《むすこ》たちではないか。おぬしらがここにいるのは、飛黒《ひぐろ》も知ってのことかえ？」

「………」

言《い》い訳《わけ》もなにも考えつかず、三人は下を向いてしまった。だが、月夜公《つくよのぎみ》相手に、隠《かく》しとおせるわけがない。結局《けっきょく》、すべてを話すしかなかった。

話を聞きおえるなり、月夜公《つくよのぎみ》は目をつりあげた。

「ばか者！　そのようなあぶないまねをするなど、なにを考えておるのじゃ！」

「ご、ごめんなさい、叔父上《おじうえ》！」

「お許《ゆる》しくださいませ」

「お許《ゆる》しを」

役に立ちたかったのだと、子妖《こよう》たちはぼろぼろ泣《な》きながらあやまった。

「まったく、しようもない子らじゃ。……その冊子《さっし》とやらを、吾《われ》に見せてみよ」

「は、はい」

差《さ》しだされた二冊《さつ》の冊子《さっし》を見ると、月夜公《つくよのぎみ》は苦笑《くしょう》した。

「やはりな。この二冊《さつ》については、ちゃんと報告《ほうこく》が出されておる。牢番《ろうばん》の風丸《かざまる》が、あやまって水をこぼしてしまい、とっさに濡《ぬ》れた紙だけを引き千切ったそうじゃ。はずした紙は字がにじんでしまったゆえ、風丸《かぜまる》が責任《せきにん》をとって、新たな紙に書き写しておる最中《さいちゅう》だという」

「そ、それは……」

「つまり、どろぼうなどどこにもおらぬということじゃ。きちんと玄空《げんくう》に報告《ほうこく》しておれば、さいしょからこんなことをせずにすんだというに」

「……」

世にもなさけない顔をして、三人はうなだれた。

だが、月夜公《つくよのぎみ》は容赦《ようしゃ》しなかった。

「津弓《つゆみ》、そなたはしばらく屋敷《やしき》から出てはならぬ。よく反省《はんせい》せい。そして、双子《ふたご》。おぬしらはしばらく津弓《つゆみ》のもとを訪《たず》ねるでない。……今夜のことは飛黒《ひぐろ》にもしかと伝《つた》えておくぞ、わかったな」

「は、はい」

「では、みな、書庫から出るのじゃ。これ以上《いじょう》の夜ふかしは許《ゆる》さぬ」

だが、書庫を出る前に、津弓《つゆみ》は叔父《おじ》にたずねた。

「お、叔父上《おじうえ》は、どうして書庫にいらしたのですか？　こんな真夜中に？」

「む……菓子《かし》作りの書を探《さが》しておったのじゃ。先日、津弓《つゆみ》がこしらえてくれたよもぎの白玉は大変《たいへん》うまかった。その礼に、吾《われ》もなにかこしらえて、そなたに食べさせてやりたくてな」

この言葉に、右京《うきょう》と左京《さきょう》ははっと顔をあげた。あることが二人の頭にひらめいたのだ。

「つ、月夜公《つくよのぎみ》さま、お願《ねが》いがございまする！」

「一日だけ、いいえ、半日だけ津弓《つゆみ》さまの外出を許《ゆる》していただけませぬか？」

「お願《ねが》いいたしまする！　なにとぞ！」

津弓《つゆみ》も、双子《ふたご》の考えに気づいたようだ。お願《ねが》いですと、叔父《おじ》にすがった。

三人の必死《ひっし》なようすに、月夜公《つくよのぎみ》は「わかった」と、うなずいてくれた。

翌日《よくじつ》の昼時、三匹《びき》のねずみたちのもとに、たくさんのよもぎ白玉が届《とど》けられた。

4 休みの日の大騒動《おおそうどう》

その日、いつものように目覚《めざ》めた飛黒《ひぐろ》は、ふとんに入ったまま、小さくほほえんだ。

今日《きょう》は休みの日なので、子どもらと思いきり遊んでやるつもりだ。そうだ。千珠河原《せんじゅがわら》に連《つ》れていってやろう。あそこでつやつやした石を見つけて集めるのは、双子《ふたご》のお気に入りの遊びだ。なんといっても、烏天狗《からすてんぐ》。光るものには目がない。

と、枕元《まくらもと》に置《お》いていた銀の鈴《すず》が、シャンシャンと、けたたましく鳴りだした。その音にまじって、声が聞こえてきた。

「休みのものに告《つ》げる。急ぎ、黒牙山《くろきばやま》の釣鐘《つりがね》ヶ《が》淵《ふち》に向かえ。黒牙山《くろきばやま》の釣鐘《つりがね》ヶ《が》淵《ふち》に向かえ」

この声と鈴《すず》の音に、となりのふとんで寝《ね》ていた双子《ふたご》が目を覚《さ》ました。

「父上……おはようございまする」

「おはようございまする。……なんの音ですか?」

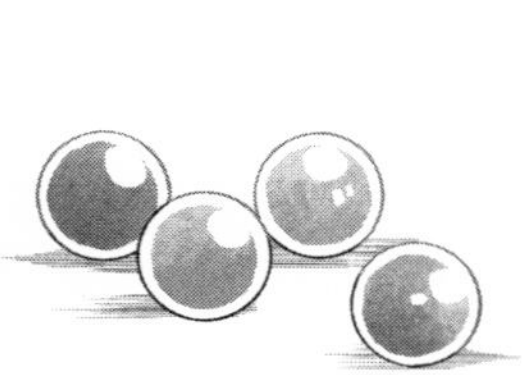

「奉行所《ぶぎょうしょ》からの急ぎの呼《よ》びだしだ。ということで、すぐに行かねばならん。……すまんな。今日《きょう》は一日、おまえたちにつきあうつもりであったのだが」

「いえ……それより、右京《うきょう》たちもついていってもいいですか？」

「よかろう。ただし、あぶないお役目であったら、おまえたちはすぐに帰るのだぞ？」

「はい」

「約束《やくそく》しまする」

親子は手早く身支度《みじたく》をすませ、黒牙山《くろきばやま》の釣鐘《つりがね》ヶ《が》淵《ふち》へと飛《と》んだ。

そこは山奥《やまおく》にある大きな淵《ふち》だった。水は青黒く、静《しず》かだ。淵《ふち》の前には、すでに数人の烏《からす》天狗《てんぐ》が集まっており、一羽の兎《うさぎ》を取りかこんでいた。

それはそれは大きな兎《うさぎ》だった。畳《たたみ》一枚《まい》、占領《せんりょう》してしまいそうなほどだ。またその毛並《けな》みは雪のように白かった。

そちらへ舞《ま》いおりていきながら、飛黒《ひぐろ》は目を細めた。

「ははあ。あれは玉雪殿《たまゆきどの》だな。弥助《やすけ》のところによく出入りしている妖怪《ようかい》だ。しかし、なぜあそこにいるのか。さっぱりわからんな」

首をかしげながらも、飛黒《ひぐろ》は双子《ふたご》とともに淵《ふち》の前におりたった。

「あ、飛黒《ひぐろ》さま！　休みの日にご苦労《くろう》さまです」

「別《べつ》にそれはかまわんが、いったい、何事だ？」

「こちらの玉雪殿《たまゆきどの》が、ぜひとも奉行所《ぶぎょうしょ》の手を借《か》りたいとのことで」

「玉雪殿《たまゆきどの》が？」

飛黒《ひぐろ》に見られ、大きな兎《うさぎ》は恥《は》ずかしそうに目をぱちぱちとさせた。

「あたくしは、あのぅ、ただの使いのものなんでございます。みなさまのお手を借《か》りたがっているのは、あのぅ、こちらの淵《ふち》の主《ぬし》なんでございます」

「主《ぬし》が？」

「あい。釣鐘《つりがね》ケ淵《がふち》の主《ぬし》は百年に一度、古い殻《から》を脱《ぬ》ぐのでございますが、あのぅ、今回はちょいとやっかいなことになってしまって」

泥《どろ》や砂《すな》が、殻《から》に分厚《ぶあつ》くふり積《つ》もり、そのままかたまって、岩のように主《ぬし》をおおってしまっているのだと、玉雪《たまゆき》は話した。

「これでは自力で殻《から》を脱《ぬ》ぐことはできないので、烏天狗《からすてんぐ》の方々を呼《よ》んで、あのぅ、なんとか殻《から》にひびを入れてもらいたい。そう頼《たの》まれまして」

話を聞きおえ、飛黒《ひぐろ》は腕《うで》を組んだ。

「これは……大仕事になるな」

集まった烏天狗《からすてんぐ》たちもいっせいにうなずいた。

「もっと人手を集めたほうがよいかと」

「そうだな。近くの妖怪《ようかい》たちに声をかけてこい。それに……雷水晶《かみなりすいしょう》ののみがいるな」

「我《われ》らもそう思い、風丸《かざまる》に取りにいかせたところです」

「それは上出来だ。では、風丸《かざまる》がもどるまでに、主《ぬし》がどんなようすか、見ておくとしよう。

玉雪殿《たまゆきどの》、主《ぬし》を呼《よ》んでくれ」

「あい」

玉雪《たまゆき》が淵《ふち》に向かって、歌うような声を発した。

と、静《しず》かだった水面に、波紋《はもん》がうかびあがってきた。それは、どんどん大きく広がり、さらにはぶくぶくと泡《あわ》立ちはじめる。なにかが水底《みなそこ》からうきあがってきているのだ。

やがて水面が大きく盛《も》りあがり、水しぶきとなって弾《はじ》けた。そこから、ぬうっと、すがたをあらわしたのは、岩と藻《も》におおわれた巨大《きょだい》なものだった。

「な、なんですか、あれは？」

「山？　岩？」

おどろく双子《ふたご》に、飛黒《ひぐろ》は言った。

「あれが釣鐘《つりがね》ヶ淵《がふち》の主《ぬし》だ。大蟹《おおがに》だ」

だが、蟹《かに》には見えなかった。小山のように大きいし、全体が岩で包《つつ》みこまれている。

いかにも重たげに、大蟹《おおがに》は浅瀬《あさせ》へと動いてきた。だいぶ苦しそうだ。

主《ぬし》に駆《か》けよった玉雪《たまゆき》は、しばらく耳を傾《かたむ》けたあと、飛黒《ひぐろ》たちをふりかえった。

「みなさま。大変申《たいへんもう》し訳《わけ》ないのですが、あのぅ、急いでいただきたいそうです。もう、古い殻《から》の下で、大きくなった体が弾《はじ》けそうだと、あのぅ、主《ぬし》が言っております」

「このようすでは無理《むり》もあるまい。風丸《かぜまる》はまだもどらんか?」

「まだです。しかし、妖怪《ようかい》たちが手助けに集まってきてくれました」

その烏天狗《からすてんぐ》の言うとおり、いつの間にか、化《ば》けかわうそや水蛇《みずへび》一族、河童《かっぱ》などがぞくぞくと集まってきていた。みんな、あらわれた主《ぬし》を見て、目を丸くしている。

そんな彼《かれ》らに、飛黒《ひぐろ》は大声で呼《よ》びかけた。

「みな、よう集まってきてくれた。あとでのみが届《とど》くはずだが、それまでにできるだけ、主《ぬし》の体にはりついた藻《も》や水草をとってもらいたい。岩やかたまった砂《すな》も、手ではがせる場所は、どんどんはがしてしまってくれ。それと水蛇《みずへび》たちは、主《ぬし》に水をかけてやってくれ」

「承知《しょうち》しやした」

みなはいっせいに釣鐘《つりがね》ヶ淵《がふち》の主《ぬし》に取りついた。ぬるぬるとした水草を引きぬき、かたまった泥《どろ》をかき出していく。爪《つめ》のするどいものは、割《わ》れ目《め》に爪先《つまさき》を入れ、ひきはがしにかかる。水蛇《みずへび》たちは水を吐《は》き、主《ぬし》にじゃんじゃん水を浴《あ》びせかけた。

右京《うきょう》と左京《さきょう》もがんばった。目につく水草はかたっぱしから引っぱり、崩《くず》せそうな場所を手で掘《ほ》りかえす。いつしか体はびしょぬれ、手のひらは泥《どろ》まみれとなっていた。

だが、主《ぬし》をおおう汚《よご》れはあまりにも分厚《ぶあつ》かった。

「こいつぁ、やっかいじゃなぁ。いくらやっても、殻《から》が見えてこんわ」

「主《ぬし》のやつ、どうしてこんなに溜《た》めこんだもんか」

「おおかた、水底《みずそこ》の泥《どろ》の中で、五十年あまり昼寝《ひるね》をしていたのだろうさ」

「そりゃ長い昼寝《ひるね》じゃなぁ。さだめし、いい夢《ゆめ》を見てたんじゃろうなぁ」

「ちがいねぇ」

そんな軽口を叩《たた》きつつ、妖怪《ようかい》たちのまなざしは真剣《しんけん》だ。

主《ぬし》が死んでしまった場所はおとろえるからだ。

泉の主《ぬし》が死ねば水はかれ、川の主《ぬし》が死ねば水はにごりけがれる。

山であれば木が死にたえ、海であればよどみがたまる。

あやかしたちはそれを知っている。だからこそ、こうして助力を惜《お》しまない。途中《とちゅう》で帰ってしまうものも、一人もいなかった。

と、だれかが「風丸《かざまる》がもどってきた！」とさけんだ。

見れば、小太りの烏天狗《からすてんぐ》が大きな木箱をかかえて、こちらにおりてくるところだった。

「よくもどった、風丸《かざまる》！」

「あ、飛黒《ひぐろ》さま。お、遅《おそ》くなって、申《もう》し訳《わけ》ございません」

「よい。それより、のみは持ってきてくれたか？」

「はい。武具蔵《ぶぐぐら》のあせびに事情《じじょう》を話して、ありったけののみを持ってきました」

そう言って、風丸《かざまる》は木箱のふたを開けた。

中には、長いのみがずらりとならんで入っていた。三十本はあるだろう。その刃《やいば》は水晶《すいしょう》のように澄《す》んでいて、ちらりちらりと、金色の稲妻《いなずま》が中で光っている。

「これは雷水晶《かみなりすいしょう》で作ったのみだ。おそろしくするどいゆえ、扱《あつか》いにはくれぐれも気をつけよ。では、みな、のみで岩を砕《くだ》いていってくれ。だが、主《ぬし》の殻《から》は傷《きず》つけぬようにな」

「あいよ！」

「まかせといてくださいよ！」

我《われ》も我《われ》もと、あやかしたちはのみを取った。

右京《うきょう》と左京《さきょう》も一本もらい、かわるがわる使ってみた。すばらしい切れ味だった。びくともしなかった岩のかたまりが、のみを押《お》しあてるだけで、ひびが入り、はがれていく。のみのおかげで作業はぐんとはかどり、ようやく主《ぬし》の殻《から》が見えてきた。

主《ぬし》の殻《から》は、つやつやした青にび色をしていた。深い淵《ふち》と同じ色で、そこに星のような白い点が散《ち》っている。

やがて、はさみがあらわれ、背中《せなか》の甲羅《こうら》があらわれ、脚《あし》も見えてきた。

腹《はら》のあたりがきれいになったところで、ごごごっと、主《ぬし》が身を起こした。

玉雪《たまゆき》がすぐに駆《か》けより、その言葉を聞きとって、みなに伝《つた》えた。

「みなさま！　もう十分だとのことでございます！　これより殻《から》を脱《ぬ》ぐので、少しはなれていただきたいと、あのぅ、主《ぬし》がおっしゃっています！」

すぐさま、あやかしたちは主《ぬし》からはなれた。右京《うきょう》と左京《さきょう》も、近くの杉《すぎ》の木の枝《えだ》に舞《ま》いあがり、じっと見守った。

主《ぬし》はいったん身を起こしたあと、浅瀬《あさせ》の中でふんばりだした。ぺきっ、ぱきっと、殻《から》の節目《ふしめ》にひびが入っていく音が響《ひび》く。

やがて、腹《はら》のあたりについた三角の部分が、ぱかりと開いた。そこから割《わ》れ目《め》が横へと広がっていき、次第《しだい》に主《ぬし》の新たな体が抜《ぬ》けでてきた。じりじりと、まるで赤子が生みだされるかのように、押《お》しだされていく。

苦しいのだろう。ときおり、主《ぬし》はぱたっと動かなくなり、しばらくたってからまた動きだすというのをくりかえした。命がけの脱皮《だっぴ》なのだと、ひしひしと伝《つた》わってくる。

双子《ふたご》は思わずこぶしをにぎり、がんばれと声をかけた。

そして……。

ようやく体の半分が抜《ぬ》けでた。と思ったら、するんと、あとの半分が出てきた。

「おおおおっ！」

古い殻《から》を脱《ぬ》いだ大蟹《おおがに》は、白くかがやいていた。神々《こうごう》しいほどの美しさだ。

あやかしたちに大きなはさみをふりあげたあと、大蟹《おおがに》はすばやく淵《ふち》の深みへと滑《すべ》りこんでいった。青黒い水にのみこまれ、白い体はたちまち見えなくなった。

「やれやれ、無事《ぶじ》に終わったな」

「なんだねぇ、あわただしい。礼の一つや二つ、言ってくれたっていいのに」

「いやいや、一刻《いっこく》も早く水の中に入りたかったんだよ。脱皮《だっぴ》のあとってぇのは、体がひりひりしてしょうがねえもの。おれら水蛇《みずへび》はよくわかるよ」

「まあ、とにかくよかったよかった」

「じゃ、おいらたちはこれで失礼《しつれい》しますぜ、飛黒《ひぐろ》の旦那《だんな》」

「ああ、手を貸《か》してもらえて、本当に助かった。礼を言う。あ、のみは忘《わす》れずに返していってくれ」

そうして、あやかしたちは去っていった。

すべてののみを箱にしまったあと、飛黒《ひぐろ》は息子《むすこ》たちに声をかけた。

「疲《つか》れたか、二人とも?」

「いえ、楽しかったです、父上」

「でも、おなかがすきました」

「そうだな。……わしはこれから奉行所《ぶぎょうしょ》に行き、こたびのことを報告《ほうこく》せねばならぬ。おまえたちもいっしょに来て、まかない場でなにか食べさせてもらうといい。体も濡《ぬ》れたことだし、温かい蕎麦《そば》などがよいな」

「蕎麦《そば》!」

「蕎麦《そば》、大好《だいす》きです！」

双子《ふたご》ははしゃいだ声をあげた。

そうして烏天狗《からすてんぐ》たちは奉行所《ぶぎょうしょ》に向かった。濡《ぬ》れた体のまま飛《と》ぶのは、なかなか大変《たいへん》だったが、蕎麦《そば》にありつけると思えば、力もわく。

だが、やっとのことで到着《とうちゃく》してみれば、奉行所《ぶぎょうしょ》では大さわぎが持ちあがっていた。

「な、なんの騒《さわ》ぎだ、これは？」

同心から下男にいたるまで、だれも彼《かれ》もが、大声をあげながら走りまわっていた。巻物《まきもの》や道具をかかえて走っているものもおり、まるで火事でも起きたかのようだ。

すぐそばを走りぬけようとした下男を、飛黒《ひぐろ》はとっつかまえた。

「おい、何事だ！　なにがあったのだ！」

「あ、飛黒《ひぐろ》さま！　そ、それが、奉行所《ぶぎょうしょ》内に腐敗虫《ふはいむし》がわいてしまったんですよぉ！」

「なんだと！」

ぶわっと、飛黒《ひぐろ》の首筋《くびすじ》の羽毛《うもう》がふくらんだ。

腐敗虫《ふはいむし》は、見た目は赤黒いなめくじに似《に》ている。だが、卵《たまご》からかえると、またたく間に子どもの腕《うで》ほどもある成虫《せいちゅう》へと育ち、なめくじとは似《に》ても似《に》つかぬすばやさで動きまわる。

また、その粘液《ねんえき》がひどく臭《くさ》いのだ。

「腐敗虫《ふはいむし》の卵《たまご》など、ど、どこからまぎれこんだというのだ！」

「わかりません。気づいたら、もうううじゃうじゃ出てきて！　だから、みんなで手分けして退治《たいじ》しているというわけで。あっしはこれで失礼《しつれい》を！　包丁《ほうちょう》とまな板だけでも安全なところに運ばにゃ！　虫の臭《にお》いがついたら、使い物にならなくなっちまう！」

下男はあわただしく駆《か》けさっていった。

「腐敗虫《ふはいむし》とはまたとんでもないものが……とにかく、我《われ》らも退治《たいじ》に加《くわ》わるぞ！」

「わ、わかりました！」

もう蕎麦《そば》どころではない。全員顔色を変《か》えて、虫探《さが》しに加《くわ》わった。

屋根裏《やねうら》、縁《えん》の下《した》、梁《はり》の上、書棚《しょだな》の裏《うら》。

臭《にお》いと粘液《ねんえき》を追っていき、見つけた虫はとげのついた網《あみ》を投げかけてとらえる。暴《あば》れる虫が飛《と》ばす汁《しる》のせいで、胸《むね》が悪くなるような悪臭《あくしゅう》が広がる。

右京《うきょう》と左京《さきょう》は頭がくらくらとしてきたが、それでも三匹《びき》ほどとらえて、大壺《おおつぼ》へと放りこんだ。あとでこの壺《つぼ》ごと焼《や》くのだ。

すったもんだの虫騒動《そうどう》であったが、夕暮《ゆうぐ》れ時にようやくかたがついた。

鼻のきく犬妖怪《ようかい》が呼《よ》ばれ、奉行所《ぶぎょうしょ》内を嗅《か》いでまわり、「もはや一匹《ぴき》も腐敗虫《ふはいむし》はおりませぬ」と宣言《せんげん》したときは、一同、どっと力が抜《ぬ》けた。

まったく、とんでもない騒《さわ》ぎがあったものだ。

だが、そのかわりというべきか、みなにふるまわれた熱々《あつあつ》の天ぷら蕎麦《そば》は、体にしみわたるほどおいしかった。

そして、双子《ふたご》にはさらにごほうびがあった。

それから二日後の夜、一人の女妖《じょよう》が飛黒《ひぐろ》の家を訪《たず》ねてきたのだ。飛黒《ひぐろ》は留守《るす》だったので、双子《ふたご》が応対《おうたい》をした。

その女妖《じょよう》は、とにかくやさしげだった。黒地に白と紫《むらさき》の藤《ふじ》もようという着物に、銀ねず色の帯《おび》がしぶい。頭のうしろには、黒い兎《うさぎ》の面をつけている。

だれだろうと、首をかしげる双子《ふたご》に、にこりと、女妖《じょよう》は笑《わら》いかけてきた。

「先日は、あのぅ、釣鐘《つりがね》ケ淵《がふち》で大変《たいへん》お世話になりました。おかげさまで、無事《ぶじ》に殻《から》を脱《ぬ》ぎ捨《す》てられたと、あのぅ、釣鐘《つりがね》ケ淵《がふち》の主《ぬし》が大変《たいへん》よろこんでおりました」

「そ、その声！」

「玉雪殿《たまゆきどの》？」

「あい。玉雪《たまゆき》でございますよ」

おどろいている双子《ふたご》に、玉雪《たまゆき》は持ってきた竹かごを差《さ》しだした。中には見事な鮎《あゆ》が入っていた。

「こちらは主《ぬし》からのお礼でございます。手を貸《か》してくださったみなさまに、あのぅ、届《とど》けてほしいと頼《たの》まれたもので。それともう一つ。烏天狗《からすてんぐ》のぼっちゃんたちは、もしかしたら、あのぅ、こんなのはお好《す》きではありませんか？」

そう言って、玉雪《たまゆき》は今度はお面が入るほどの袋《ふくろ》を取りだし、中身を出してみせた。

双子《ふたご》はよろこびの声をあげた。袋《ふくろ》からは、きれいな珠《たま》がたくさん出てきたのだ。

金茶、赤、青、黒、白、緑。

どれも、双子《ふたご》の目ほども大きく、水に濡《ぬ》れたように光っており、ころころと床《ゆか》の上を転がっていく。

「泡珠《あわたま》でございます。釣鐘ヶ淵《つりがねがふち》の主《ぬし》が見た夢《ゆめ》が、あのぅ、泡《あわ》となって吐《は》きだされ、水の中で珠《たま》に変化《へんげ》したものでございますよ。今日《きょう》、主《ぬし》からもらってきたんです。烏天狗《からすてんぐ》のお子は、こういうきらきらしたものが好《す》きだと、あのぅ、前に聞いたものですから」

「いただきまする！　いただきまする！」

「とてもうれしゅうございまする！」

「それならよかった。では、どうぞ。あ、そろそろあたくしは行かなくては。では、あのう、失礼《しつれい》いたします」

玉雪《たまゆき》が帰ったあと、双子《ふたご》は長い間、もらった珠《たま》を床《ゆか》に広げ、そのきらめきにうっとりと見入っていた。

やがて、左京《さきょう》が口を開いた。

「ねえ、右京《うきょう》。この珠《たま》、津弓《つゆみ》さまにもわけてさしあげたらどうかしら？」

「右京《うきょう》も、ちょうど同じことを考えていたところです。あ、そうだ。お手紙も書きましょう。釣鐘《つりがね》ヶ《が》淵《ふち》の主《ぬし》のことを書いたら、津弓《つゆみ》さまはもっとよろこんでくれると思います」

「そうですね。では、そうしましょう」

双子《ふたご》はさっそく手紙を書きはじめた。

堕《お》ちるもの

彼《かれ》の心はよろこびでふるえていた。

計画はことごとく思いどおりに運んでいた。あまりにうまくいくので、むしろこわいほどだ。

この計画に必要《ひつよう》なものはいくつもあった。望《のぞ》みのものを持ちだす手段《しゅだん》、機会《きかい》、そして隠《かく》し場所。

さいしょに、隠《かく》し場所を見つけた。

次に、持ちだす手段《しゅだん》を考え、雷水晶《かみなりすいしょう》ののみを使えばよいとわかった。だが、あれは蔵《くら》の中にしまわれており、勝手には持ちだせない。

だから今日《きょう》、釣鐘《つりがね》ヶ淵《がふち》の主《ぬし》の脱皮《だっぴ》のために、のみが蔵《くら》から持ちだされることになったのは、まったく幸運だった。おかげで楽々と、のみを一本、盗《ぬす》むことができた。

そして、腐敗虫《ふはいむし》の卵《たまご》。あれも、ちょうどいいときにかえってくれたものだ。おかげで、奉行所《ぶぎょうしょ》のみなが腐敗虫《ふはいむし》に大さわぎをしている間に、彼《かれ》は一人、その場をはなれ、あの場所へと向かうことができた。

そこにあったほしいものを、彼《かれ》は雷水晶《かみなりすいしょう》ののみを使って、持ち運べる大きさにした。油をしみこませた布《ぬの》でしっかりと包《つつ》んだあと、彼《かれ》はそれをかかえて、外へと抜《ぬ》けだした。怪《あや》しまれることはなかった。腐敗虫《ふはいむし》にけがされないよう、物を避難《ひなん》させているものたちが何人もいたからだ。

そうして、彼《かれ》は飛《と》んだ。盗《ぬす》みだしたものを、安全な隠《かく》し場所へと運んだのだ。

隠《かく》し場所にたどりつくなり、彼《かれ》はさっと布《ぬの》をとりのぞいた。

あらわれたのは、青く透《す》きとおった氷の塊《かたまり》だった。だが、ただの氷ではない。中には、たとえようもなく美しいものが閉《と》じこめられている。

彼《かれ》は思わず氷をのぞきこみ、その美しいものがうかべているほほえみに見とれた。なんとすばらしいほほえみだろうか。見ているだけで、胸《むね》が熱《あつ》くなってくる。

その笑《え》みは彼《かれ》に向けられたものではない。だが、じきに彼《かれ》のものとなるだろう。氷を割《わ》って、外に出してやれば、きっとほほえみかけてくれるはずだ。

「お助け、します……」

かすれた声でつぶやき、彼《かれ》はのみを氷へと当てた。

さすがに、一瞬《いっしゅん》、手がふるえた。この氷を割《わ》ってしまったら、もうあともどりはできないと、わかっていたからだ。

だが、それがどうした。すでにいくつもの掟《おきて》を破《やぶ》ってしまっている。罪深《つみぶか》い自分は、もはや堕《お》ちつづけるだけだ。

だから、ほしいものは絶対《ぜったい》に手に入れる。

その想《おも》いに取りつかれ、彼《かれ》はのみで氷を砕《くだ》きはじめた。

5 武芸《ぶげい》大会

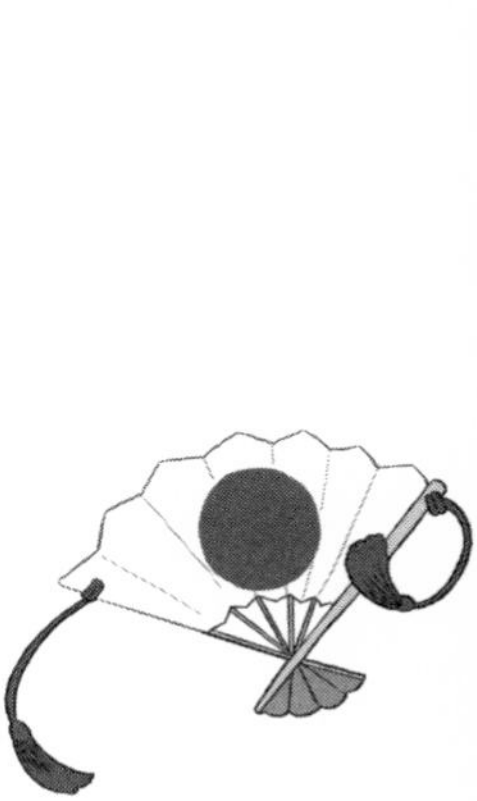

王妖狐《おうようこ》一族の長にして東の地宮《ちぐう》の奉行《ぶぎょう》、月夜公《つくよのぎみ》には、大きな弱みがあった。

甥《おい》の津弓《つゆみ》だ。

津弓《つゆみ》は、月夜公《つくよのぎみ》の亡《な》くなった双子《ふたご》の姉の子であり、妖気《ようき》たがえの子でもあった。両親から二つの相容《あいい》れぬ妖気《ようき》を受けついでおり、いくつもの封印《ふういん》をほどこさねば、小さな体はたちまち妖気《ようき》に負けてしまう。しかも、その封印《ふういん》は長くはもたず、三日に一度は新しくかけなおさなければならない。

そんな重荷を背負《せお》っているというのに、津弓《つゆみ》はなかなかわんぱくだ。外に出たがり、他の子妖《こよう》たちと遊びたがる。

それが月夜公《つくよのぎみ》には不満《ふまん》だった。かわいい甥《おい》には、安全な結界《けっかい》の中にいてもらいたいというのが、本音なのだ。

だから、津弓《つゆみ》が悪さをしたときは、ここぞとばかりに部屋に閉《と》じこめるのだが、それもいつまでもというわけにはいかない。

「そろそろ出してやらねばならぬか」

ため息をつきながら、月夜公《つくよのぎみ》は津弓《つゆみ》の部屋に向かった。

奉行所《ぶぎょうしょ》の書庫に勝手に忍《しの》びこんだ夜から、すでにだいぶたっている。津弓《つゆみ》もがまんできなくなりはじめているころだろう。なにかで気をまぎらわせ、一日でも長く引きのばせればいいのだが。

そんなことを考えながら、月夜公《つくよのぎみ》は津弓《つゆみ》の部屋の前に立った。

「津弓《つゆみ》、入るぞえ」

津弓《つゆみ》はちゃんと中にいた。だが、こちらをふりむいた顔は、赤く腫《は》れていた。

月夜公《つくよのぎみ》はあわてて駆《か》けより、甥《おい》の両肩《りょうかた》をつかんだ。

「ど、どうしたのじゃ！　泣《な》いておったのか？　なにがあったというのじゃ、津弓《つゆみ》！」

「これ……」

津弓《つゆみ》は悲しげに両手を広げてみせた。そこには、きれいな珠《たま》がいくつものっていた。

「う、右京《うきょう》と左京《さきょう》が、手紙をくれたのです。二日前に、大きな淵《ふち》の主《ぬし》が殻《から》を脱《ぬ》ぐのを手伝《てつだ》ったって。そのお礼に、こういう珠《たま》をもらったって。たくさんもらったから、津弓《つゆみ》にもおすそわけするって、送ってきてくれて……」

「そうであったか。よかったではないか」

「……津弓《つゆみ》も見たかった」

「なに？」

「津弓《つゆみ》も見たかったですぅ！」

どっと、津弓《つゆみ》の目から涙《なみだ》があふれだした。

「右京《うきょう》たちといっしょに、ぬ、主《ぬし》を見たかった！　殻《から》を脱《ぬ》がせる手伝《てつだ》い、したかった！

珠《たま》も、おすそわけじゃなくて、お礼としてもらいたかったです！　う、うわあああん！」

「こ、これ、津弓《つゆみ》。泣《な》くでない。な、泣《な》いてくれるな。頼《たの》む」

月夜公《つくよのぎみ》はたちまちうろたえた。甥《おい》に泣《な》かれることほど苦手なものはないのだ。

なんとか機嫌《きげん》をとろうと、妖術《ようじゅつ》で宝珠《ほうじゅ》を取りだしてみせた。

「見よ。こちらの宝珠《ほうじゅ》のほうがずっと大きくて美しいであろう？　これなど、小さな月そのものであろう？　ほれ、金の炎《ほのお》を封《ふう》じているかのような珠《たま》もあるぞえ。そら、こちらの海のごとき色合いなど、そなた好《ごの》みではないかえ？」

だが、宝珠《ほうじゅ》には見向きもせず、津弓《つゆみ》はいっそうはげしく泣《な》きだした。

月夜公《つくよのぎみ》はすっかり弱ってしまった。

これはまずい。このままでは「叔父上《おじうえ》なんかきらいです」と、言われてしまうかもしれない。なんとしてでも甥《おい》の笑顔《えがお》を取りもどさなくては。

そのためにはなにをしたらいいのか。

贈《おく》り物《もの》ではだめだと、もうわかった。では、弥助《やすけ》や烏天狗《からすてんぐ》の双子《ふたご》を呼《よ》びよせ、いっしょに遊ばせてやるか？　いや、これではいつもどおりすぎて、芸《げい》がない。

良《よ》い案《あん》を思いつけず、月夜公《つくよのぎみ》は歯がゆくて仕方なかった。まったく情《なさ》けないかぎりだが、自力では答えにたどりつけそうもない。

結局《けっきょく》、助けを求《もと》めることにした。

その夜、一番かわいそうだったのは、梅《うめ》の里《さと》の子妖《こよう》、梅吉《うめきち》であろう。月夜公《つくよのぎみ》がいきなり訪《たず》ねてきたものだから、梅吉《うめきち》はびっくりして腰《こし》を抜《ぬ》かしてしまった。青梅《あおうめ》のような緑色の肌《はだ》が、みるみる白くなる。

「な、な、な……！」

「これ、そうおびえるでない。のう、梅吉《うめきち》。吾《われ》を助けてはくれぬかえ？」

「た、た、助け？」

「そうじゃ。おぬしは津弓《つゆみ》のことをよう知っておろう？　じつはの、このようなことがあって、津弓《つゆみ》がへそを曲げてしまっておるのじゃ」

話を聞くと、小さな子妖《こよう》はうらやましそうにため息をついた。

「それ、おいらも行きたかったなぁ」

「おぬしもかえ？　大蟹《おおがに》の殻《から》を脱《ぬ》がすことなど、たいして楽しいとは思えぬが」

「でも、みんなでいっしょになにかやるって、お祭りみたいでおもしろいもの。津弓《つゆみ》は楽しくてにぎやかなことが好《す》きだから、よけいにがっかりしたんじゃないかな？」

「そ、そういうものかの？」

「うん。……そうだ！　祭りをやってみたら？　津弓《つゆみ》の不機嫌《ふきげん》だって、ふっとぶんじゃないかな？　あ、でも、笛《ふえ》と舞《ま》いだけとか、そういうおしとやかなのはだめだよ。にぎやかで、元気が出るような、大人も子どももわいわい楽しめるようなやつでなきゃ」

「大人も子どもも、とな……それなら、あれなどがよいか」

つぶやく月夜公《つくよのぎみ》に、梅吉《うめきち》が食いついてきた。

「なにか思いついたの？　それ、おいらも呼《よ》んでくれる？　ひさしぶりに津弓《つゆみ》と遊びたいんだけど」

「それは遠慮《えんりょ》してもらおう。悪たれ二つ星を会わせるなと、あちこちのあやかしたちに頼《たの》まれておるからの」

「そんなぁ」

ひどいじゃないかと嘆《なげ》く梅吉《うめきち》に礼を言い、月夜公《つくよのぎみ》はさっと飛《と》びたった。その間も、頭の中では次々に計画が組みあがっていた。

ああ、これならばきっと、津弓《つゆみ》もよろこんでくれよう。

満足《まんぞく》の笑《え》みをうかべながら、月夜公《つくよのぎみ》は飛《と》びつづけた。


その夜、飛黒《ひぐろ》の妻《つま》、萩乃《はぎの》がひさしぶりに家に帰ってきた。

右京左京《うきょうさきょう》はもちろんのこと、飛黒《ひぐろ》もよろこび、一家はなかよく夕飯《ゆうはん》を食べた。

そして、食後の茶菓子《ちゃがし》をつまんでいるときに、ふと飛黒《ひぐろ》が言ったのだ。

「そうそう。今度奉行所《ぶぎょうしょ》でな、武芸大会《ぶげいたいかい》が開かれることになったのだ」

「まあ、武芸《ぶげい》大会でございますか？」

おどろいた声をあげる萩乃《はぎの》に、飛黒《ひぐろ》はうなずいた。

「うむ。我《われ》ら奉行所《ぶぎょうしょ》の烏天狗《からすてんぐ》たちは、つねにきたえておらねばならぬからな。その成果《せいか》を披露《ひろう》する場があったほうがよかろうと、月夜公《つくよのぎみ》さまがおっしゃってな」

だまっていられず、右京《うきょう》が声をあげた。

「父上！　どんな武芸《ぶげい》大会になるのですか？」

「まだよくは知らん。だが、種目《しゅもく》はいくつかあるらしい。それぞれの種目《しゅもく》での勝者には、月夜公《つくよのぎみ》さまからほうびが与《あた》えられるそうだ」

「父上も参加《さんか》されるのですよね？」

「いいや、左京《さきょう》。わしは審判《しんぱん》をおおせつかった」

「まあ、それは残念《ざんねん》な。あなたであれば、かならず勝者になれましょうに」

「ははは。それゆえ、わしははずされたのであろうよ。はなから勝者が決まっていたのでは、他のものらのやる気も出るまい」

「それでも、やはり残念《ざんねん》でございます。あなたの勇《いさ》ましいおすがたを見られぬのですから」

萩乃《はぎの》にとろけるような流し目を向けられ、飛黒《ひぐろ》はうむと考えこんだ。「妻《つま》をよろこばせるために、月夜公《つくよのぎみ》に頼《たの》んで、試合《しあい》に出させてもらおうか」と、つい思ってしまう。

一方、双子《ふたご》は胸《むね》を高鳴らせていた。武芸《ぶげい》大会とはなんとも心躍《こころおど》る響《ひび》きだ。いったい、どのようなもよおしとなるのだろう？　だれがどの種目《しゅもく》で勝つのだろう？

「父上、右京《うきょう》は武芸《ぶげい》大会を見にいきたいです」

「左京《さきょう》もです！　行ってもよいですか？」

「よいとも。だれでも見物に来てかまわぬと、月夜公《つくよのぎみ》さまもおっしゃっておられたからな。ちなみに、もよおされるのは四日後だ」

まあっと、萩乃《はぎの》が声をあげた。

「それでしたら、わたくしも行けますわ。四日後は、ちょうど姫《ひめ》さまがあの男の実家に招《まね》かれておいでなのです。さすがに、わたくしが同行するわけにはいきませんから」

この言葉に、双子《ふたご》は大よろこびした。

「母上といっしょにどこかに行くなんて、ひさしぶりですね！」

「ますます武芸《ぶげい》大会が楽しみになってきました！　ね、父上？」

「そうだな。しかし、こうなると、審判《しんぱん》を引きうけてしまったのが悔《く》やまれる。……わしも出させてくれと、月夜公《つくよのぎみ》さまにお願《ねが》いしてみるか」

飛黒《ひぐろ》は本気で悩《なや》みはじめた。

またたく間に時は過《す》ぎ、烏天狗《からすてんぐ》の武芸《ぶげい》大会の日がやってきた。

その日、月夜公《つくよのぎみ》は術《じゅつ》を使って、奉行所《ぶぎょうしょ》のけいこ場を野原のように広いものへと変化《へんげ》させた。そこへ、うわさを聞きつけたあやかしたちがぞくぞくと入っていく。それぞれ、ござや敷物《しきもの》、弁当《べんとう》を持ってきており、すっかり楽しみにしているようすだ。

右京《うきょう》と左京《さきょう》も、一番手前の場所をいち早く陣取《じんど》った。これからはじまる武芸《ぶげい》大会も楽しみだし、重箱に詰《つ》めたごちそうも楽しみだ。横に母がいるというのもうれしい。

と、あやかしたちをかきわけて、津弓《つゆみ》がすがたをあらわした。

「右京《うきょう》！　左京《さきょう》！」

「津弓《つゆみ》さま！　おひさしぶりでございまする」

「お元気でございましたか？」

「うん、退屈《たいくつ》だったけどね。だから、右京《うきょう》たちに会えてうれしい。ん？」

ここで津弓《つゆみ》は萩乃《はぎの》に気づいた。だれだろうと首をかしげる津弓《つゆみ》に、萩乃《はぎの》はうやうやしく頭を下げた。

「お目にかかれてうれしゅうございます、津弓《つゆみ》さま。わたくしは萩乃《はぎの》。飛黒《ひぐろ》の妻《つま》で、右京《うきょう》と左京《さきょう》の母でございます」

「母さまなの？　右京《うきょう》と左京《さきょう》の？」

「はい。いつもうちの子たちがお世話になっております。もしよろしければ、わたくしたちといっしょに見物なさいませぬか？　おいしいものも、たくさん用意しておりますよ」

「う、うん。そうしたいけど、叔父上《おじうえ》にまず聞いてみなきゃ」

「なれば、わたくしが月夜公《つくよのぎみ》さまにうかがってまいりましょう。ごあいさつもしたいことですし」

するりと、萩乃《はぎの》は優雅《ゆうが》にその場を去っていった。

ほうっと、津弓《つゆみ》はため息をつきながら、双子《ふたご》にささやいた。

「きれいな母さまだね。……いいなぁ。右京《うきょう》たちにはあんなきれいな母さまがいて、いいなぁ」

しんみりとした顔をする津弓《つゆみ》に、双子《ふたご》はあわてて言った。

「でも、我《われ》らには月夜公《つくよのぎみ》さまのようなきれいな叔父《おじ》はおりませぬ」

「だから、津弓《つゆみ》さまがうらやましゅうございまする」

「あ、そうだね。うん。津弓《つゆみ》には叔父上《おじうえ》がいるものね」

津弓《つゆみ》はふたたび笑顔《えがお》となった。

やがて萩乃《はぎの》がもどってきて、月夜公《つくよのぎみ》の許《ゆる》しを得《え》たと告《つ》げた。そこで子妖《こよう》たちはならんで座《すわ》り、わくわくしながらはじまるのを待った。

どーんどーん！

突然《とつぜん》、腹《はら》の底《そこ》に響《ひび》くような大太鼓《おおだいこ》の音がとどろいた。

鳴らしたのは、大櫓《おおやぐら》の上に立った飛黒《ひぐろ》だ。かがやくような白い衣《ころも》に、あざやかな紫《むらさき》の帯《おび》をしめ、長い烏帽子《えぼし》をかぶっている。なんともりりしいすがただ。

飛黒《ひぐろ》は大きく声をはなった。

「これより武芸《ぶげい》大会をはじめる！　種目《しゅもく》はぜんぶで三つ。さいしょは、棒術《ぼうじゅつ》である！　勝者には、月夜公《つくよのぎみ》さまよりほうびが与《あた》えられよう。参加《さんか》するものは、前に出よ！」

わあっと、歓声《かんせい》がわきあがる中、次々と若《わか》い烏天狗《からすてんぐ》たちが棒《ぼう》を手に飛《と》びだしてきた。みなが見守る中、烏天狗《からすてんぐ》たちは二人ずつの組にわけられ、棒《ぼう》を使って戦《たたか》いだした。

おろし、なぎはらい、あるいは突《つ》きを繰《く》りだす。すぐに勝負がつく組もあれば、何十と打ちあった末《すえ》にようやく決着がつく組もあった。

勝ちのこったさいごの二人の対戦《たいせん》は、まさに手に汗《あせ》にぎるものであった。棒《ぼう》は唸《うな》りをあげてふりまわされ、黒い羽毛《うもう》が空中に散《ち》った。

だが、ついに片方《かたほう》の繰《く》りだした突《つ》きが、相手の腹《はら》に決まった。

見守っていた飛黒《ひぐろ》が、さっと、金の扇《おうぎ》をあげた。

「そこまで！　勝者は羽角《うかく》！」

勝ちぬいた烏天狗《からすてんぐ》に、月夜公《つくよのぎみ》がねぎらいの言葉をかけた。

「見事であった。おぬしの棒術《ぼうじゅつ》は、いずれこの奉行所《ぶぎょうしょ》になくてはならぬものとなろう。今後もよう励《はげ》め」

そうして、銀細工を美しくあしらった鉄桜《てつざくら》の棒《ぼう》を羽角《うかく》に渡《わた》したのだ。

大喝采《だいかっさい》がおさまったあと、飛黒《ひぐろ》がふたたび声をはなった。

「次は組《く》み技《わざ》くらべだ。参加《さんか》するものは前へ」

またぞくぞくと烏天狗《からすてんぐ》たちが出てきた。がっしりとした大柄《おおがら》な烏天狗《からすてんぐ》が多かったが、小《こ》柄《がら》なものもちらほらいた。

「あんな細い体で、だいじょうぶかしら？」

「ずいぶん小さい方もいらっしゃいまするね」

津弓《つゆみ》と双子《ふたご》はひそひそとささやきあった。そして、対戦《たいせん》相手たちが登場したとたん、その不安《ふあん》は一気に高まった。

なんと、月夜公《つくよのぎみ》が用意した相手は、鬼《おに》だったのだ。烏天狗《からすてんぐ》たちよりもはるかに大きく、たくましいものばかり。しかも、金棒《かなぼう》を持っている。対する烏天狗《からすてんぐ》たちは、みな素手《すで》だというのに。

「わあ、これはひどいよ！」

「あ、あぶないのではございませぬか？」

「止めたほうがいいのではありませぬか？　ねえ、母上？」

「まあまあ、少し落ちつきなさい。だいじょうぶですよ。仮《かり》にも奉行所《ぶぎょうしょ》にお勤《つと》めの方々です。相手が鬼《おに》であろうと夜叉《やしゃ》であろうと、戦《たたか》えるだけの力をお持ちのはずですよ」

「でも、あちらは武器《ぶき》を……」

「ええ。相手を見きわめ、どう動くか。この種目《しゅもく》ではそれが鍵《かぎ》となることでしょう」

萩乃《はぎの》は冷静《れいせい》にそう言ったが、若《わか》い烏天狗《からすてんぐ》たちにはこの課題《かだい》はなかなかむずかしかったようだ。まっこうから組みあって、力負けして、投げとばされる烏天狗《からすてんぐ》が続出《ぞくしゅつ》した。ふりまわされる金棒《かなぼう》をかわすのがやっとというものも多かった。

そんな中、見事な動きを見せたのは、ひときわ小柄《こがら》な烏天狗《からすてんぐ》だった。襲《おそ》いかかってきた鬼《おに》の腕《うで》をつかみ、そのまま相手の足を横に払《はら》ってねじふせたのだ。どこをどうおさえられているのか、倒《たお》れた鬼《おに》は立ちあがれなかった。

「母上、あれはどうなっているのですか？」

「おそらく首、それに肘《ひじ》の関節《かんせつ》をねじって、動けぬようにしているのでしょう。きっとあなたたちの父上が教えたのですね。あれは、父上の得意技《とくいわざ》ですから」

「すごいですね。今度、左京《さきょう》も教わりたいです」

「右京《うきょう》もです」

「津弓《つゆみ》も！　頼《たの》んだら、飛黒《ひぐろ》は教えてくれるかしら？」

声をあげる津弓《つゆみ》に、萩乃《はぎの》はほほえんだ。

「月夜公《つくよのぎみ》さまがよいとおっしゃれば、我《わ》が夫《おっと》はよろこんでお教えすることでございましょう」

「それじゃ、あとでさっそく叔父上《おじうえ》に頼《たの》んでみる。いいと言っていただけたら、右京《うきょう》、左《さ》京《きょう》、いっしょに習おうね」

「はい」

さて、にこにこ笑《わら》う津弓《つゆみ》を、遠目からじっと見つめるものがいた。

言わずと知れた月夜公《つくよのぎみ》である。

先ほどから見ていたのだが、津弓《つゆみ》はずっと楽しげに笑《わら》っている。どうやら気はすっかり晴れたようだ。

武芸《ぶげい》大会を開いてよかったと、満足《まんぞく》をおぼえていると、飛黒《ひぐろ》が声をかけてきた。

「月夜公《つくよのぎみ》さま。勝者の飛矢丸《ひやまる》になにかお言葉を」

「ん? うむ、そうであったな。飛矢丸《ひやまる》、あっぱれな戦《たたか》いぶりであったぞえ。これはほうびのよろいじゃ。特別《とくべつ》に軽く、しかも丈夫《じょうぶ》に作ってある。おぬしの今後に活《い》かせ」

ほうびを飛矢丸《ひやまる》に渡《わた》してやったあと、月夜公《つくよのぎみ》は手を打ちあわせた。

たちまちのうちに、けいこ場の中央に黒光りする竹が生えはじめた。それは互《たが》いに交差《こうさ》しあいながらのびていき、ぐるりと、円を描《えが》く柵《さく》と化した。

高く丈夫《じょうぶ》そうな柵《さく》の出現《しゅつげん》に、その場は一気に物々しい雰囲気《ふんいき》となった。なにがはじまるのだろうと、みながいっせいに月夜公《つくよのぎみ》と飛黒《ひぐろ》を見る。

せきばらいをして、飛黒《ひぐろ》が告《つ》げた。

「次はさいごの種目《しゅもく》、捕《と》り物《もの》である。これは勝ち負けを競《きそ》うのではなく、強敵《きょうてき》をとらえるため、いかに仲間《なかま》と協力《きょうりょく》しあえるかを見るものである。……このたび捕獲《ほかく》するのは牛鬼《ぎゅうき》である」

　どよめきが起こった。

　牛鬼《ぎゅうき》は、凶悪《きょうあく》な魔物《まもの》だ。知性《ちせい》はなく、人もあやかしも関係《かんけい》なく食《く》らう。牛鬼《ぎゅうき》が相手とあっては、これはかなりの試練《しれん》だ。

　若《わか》い烏天狗《からすてんぐ》たちの顔には動揺《どうよう》がうかび、あとずさりをするものすらいた。

　と、ここで飛黒《ひぐろ》が付《つ》け加《くわ》えるように言った。

「なお、牛鬼《ぎゅうき》を見事捕獲《ほかく》できたなら、後日、月夜公《つくよのぎみ》さまが茶会をもよおしてくださる。年ごろの女妖《じょよう》たちを集めての、それは華《はな》やかな一席になることだろう」

　この言葉に、烏天狗《からすてんぐ》たちは色めきたった。

　奉行所勤《ぶぎょうしょづと》めの彼《かれ》らには、とにもかくにも出会いが少ないのだ。月夜公《つくよのぎみ》がもよおす茶会は、若《わか》い娘《むすめ》たちと知りあう貴重《きちょう》な機会《きかい》となるだろう。

　もしかすると嫁取《よめと》りにつながるかもしれぬと、烏天狗《からすてんぐ》の若者《わかもの》たちは我先《われさき》に柵《さく》の中へと飛《と》びこんでいった。けがしたものすら、いそいそと加《くわ》わっていく。

　見物するあやかしたちも、これはおもしろいと、はやしたてた。

「がんばれよ！」

「やあ、若《わけ》えってのはいいねぇ」

「しかし、こんなに必死《ひっし》になるところを見ると、ちょいと気《き》の毒《どく》だねぇ」

「それだけ出会いがないのさ。かわいそうに」

「まあ、いい機会《きかい》だ。がんばれぇ！」

一方、右京《うきょう》と左京《さきょう》と津弓《つゆみ》は、大人たちのようにおもしろがることはできなかった。

右京《うきょう》と左京《さきょう》は、萩乃《はぎの》の袖《そで》を引いた。

「だいじょうぶでしょうか、母上？」

「牛鬼《ぎゅうき》はとてもおそろしい魔物《まもの》だと聞いていますが」

「だいじょうぶですよ。いざとなれば、父上が助けに入るでしょう。月夜公《つくよのぎみ》さまも見ておいでですし、死者が出るようなことにはならぬはず」

「あ、そ、そうですよね」

子妖《こよう》たちがちょっとほっとしたときだ。

「はじめよ！」

飛黒《ひぐろ》がさけび、手を打ちあわせた。

次の瞬間《しゅんかん》、柵《さく》の中の地面が割《わ》れ、そこから牛鬼《ぎゅうき》があらわれた。

牛鬼《ぎゅうき》は、小山ほどもあり、その体は大きな蜘蛛《くも》を思わせた。だが、蜘蛛《くも》の体についているのは、角を生やした鬼《おに》の顔だ。そのおそろしい顔の半分が巨大《きょだい》な口で、ものすごい牙《きば》がならび、その隙間《すきま》からよだれがとめどなくしたたっている。

また、蜘蛛《くも》の体は黒い毛におおわれており、六本の脚《あし》の先は槍《やり》のごとくとがっている。あれで踏《ふ》まれたり、つかれたりすれば、腕《うで》や足などたやすく千切れてしまうだろう。

自分をかこむ烏天狗《からすてんぐ》たちを見

るなり、牛鬼《ぎゅうき》の黄色い目がにぶくかがやいた。

いきなり、牛鬼《ぎゅうき》は地をゆるがすような雄《お》たけびをあげ、目の前にいる烏天狗《からすてんぐ》へと襲《おそ》いかかっていった。巨体《きょたい》のくせにおそろしく速い。あっという間に、一人の烏天狗《からすてんぐ》に迫《せま》る。

ひいっと、津弓《つゆみ》が悲鳴をあげた。双子《ふたご》も思わず目をおおいそうになった。

だが、後方にいた烏天狗《からすてんぐ》たちがいっせいに牛鬼《ぎゅうき》の背中《せなか》に棒《ぼう》を叩《たた》きつけた。棒《ぼう》はすべてはねかえされたが、牛鬼《ぎゅうき》は動きを止め、いらだったようにうしろをふりかえった。その隙《すき》に、狙《ねら》われた烏天狗《からすてんぐ》は逃《に》げることができた。

このときには、すべての烏天狗《からすてんぐ》が空中に舞《ま》いあがっていた。あるものは矢を射《い》かけ、あるものは急降下《きゅうこうか》をしてはなぐりかかる。

一方、獲物《えもの》になかなかありつけず、牛鬼《ぎゅうき》は焦《じ》れだした。柵《さく》の中をはげしく走りまわり、柵《さく》に体当たりをする。柵《さく》が大きくきしむたびに、見物しているあやかしたちは悲鳴をあげた。

月夜公《つくよのぎみ》の目がきびしくなった。

「これでもし、あのものたちが牛鬼《ぎゅうき》を外に逃《に》がしでもしたら……ただではすまさぬぞ、飛黒《ひぐろ》。吾《われ》自ら、三年はしごいてやる。ええい、なにをもたついておるのだ。……ああ、もう見ていられぬ！　津弓《つゆみ》がおびえているではないか。吾《われ》が牛鬼《ぎゅうき》を始末《しまつ》する」

「お、お待ちを！　若者《わかもの》たちはあきらめてはおりませぬ。ごらんください。勇《いさ》ましく攻《せ》めております」

飛黒《ひぐろ》の言葉どおり、若者《わかもの》たちは戦《たたか》いつづけていた。だが、いくら棒《ぼう》を繰《く》りだしても、矢をはなっても、牛鬼《ぎゅうき》の体には傷《きず》一つつけられない。動きが少しにぶくなるだけだ。

と、数人がつばめのように牛鬼《ぎゅうき》の前を飛《と》びまわりはじめた。おとりである。

そして、牛鬼《ぎゅうき》がおとりの烏天狗《からすてんぐ》たちに気をとられている隙《すき》に、他のものたちは牛鬼《ぎゅうき》の足元に、白く細い縄《なわ》の輪《わ》をいくつも投げかけていった。

一つ、二つ、三つ。

暴《あば》れる牛鬼《ぎゅうき》の脚《あし》に、輪《わ》はどんどんからんでいく。

「そおれ！」

だれかの輪《わ》を合図に、烏天狗《からすてんぐ》たちはいっせいに縄《なわ》を引っぱった。何本もの縄《なわ》が四方へぴんとはり、輪《わ》がしまる。牛鬼《ぎゅうき》の六本の脚《あし》がぎゅっと一つにまとめられていく。

これに気づくなり、牛鬼《ぎゅうき》ははげしく暴《あば》れだした。何人もの烏天狗《からすてんぐ》がなぎはらわれたが、ひるむものはいなかった。たとえ柵《さく》に叩《たた》きつけられようと、またすぐに縄《なわ》へと飛《と》びついていく。

ついに、牛鬼《ぎゅうき》の脚《あし》が完全《かんぜん》に一つにくくられた。こうなっては、もはや立っていることもできない。

自らの重みにつぶされるようにして、牛鬼《ぎゅうき》は地面に転がった。

大歓声《だいかんせい》があがった。だれもが戦《たたか》いぬいた烏天狗《からすてんぐ》たちをほめたたえる。

その烏天狗《からすてんぐ》たちはというと、ぼろぼろのありさまだった。衣《ころも》は破《やぶ》れ、目が大きく腫《は》れてしまっていたり、翼《つばさ》がひしゃげてしまっていたりと、さんざんだ。

それでも、みな満面《まんめん》に笑《え》みをうかべていた。彼《かれ》らの期待に満《み》ちたまなざしは、上座《かみざ》の月《つく》夜公《よのぎみ》へと向けられる。

月夜公《つくよのぎみ》はうなずいた。

「よろしい。約束《やくそく》どおり、近いうちに茶会を開くとしよう。それまでに傷《きず》を癒《いや》しておくがよいぞ」

月夜公《つくよのぎみ》の言葉に、烏天狗《からすてんぐ》たちがよろこびの声をあげたのは言うまでもない。

こうして、武芸《ぶげい》大会は大興奮《だいこうふん》をもって幕《まく》を閉《と》じたのだ。

その夜、膝《ひざ》の上に津弓《つゆみ》を座《すわ》らせながら、月夜公《つくよのぎみ》はたずねた。

「どうであった、津弓《つゆみ》？　今日《きょう》はうんと楽しんだかえ？」

「はい、叔父上《おじうえ》！　本当に楽しかったです！　わくわくしたし、どきどきしました！　特《とく》に牛鬼《ぎゅうき》の捕《と》り物《もの》は、はらはらしました！」

「そうか。それはなによりじゃ。では、また次もこうしたもよおしを開くとしよう」

「本当ですか？」

「もちろんじゃ。そなたをよろこばせるためなら、吾《われ》はどんなことでもする。明日にでもまた武芸大会《ぶげいたいかい》を開いてもよいのじゃぞ？」

真剣《しんけん》な叔父《おじ》の言葉に、津弓《つゆみ》は笑《わら》いながらかぶりをふった。

「ううん。明日でなくていいです。そんなに毎日つづけたら、みんなが疲《つか》れてしまって、かわいそうだもの」

「津弓《つゆみ》。そなたは良《よ》い子じゃ。本当に良《よ》い子じゃ」

とろけそうな顔で津弓《つゆみ》の頭をなでる月夜公《つくよのぎみ》。

津弓《つゆみ》も幸せそうに笑《わら》っていたが、ふと真顔になった。

「どうしたえ、津弓《つゆみ》？」

「ううん。ちょっと不思議《ふしぎ》に思うことがあって」

「なんじゃ？」

「梅吉《うめきち》です。今日《きょう》の武芸《ぶげい》大会で会えるかなって思っていたのに、結局《けっきょく》会えなくて。こんなおもしろいこと、梅吉《うめきち》が見逃《みのが》すはずないのに。もしかしたら、風邪《かぜ》でもひいているのかも。……叔父上《おじうえ》、今度、梅吉《うめきち》のところに行ってもいいですか？」

「む……梅吉《うめきち》は、元気にしておるはずじゃ。おそらくな」

歯切れの悪い叔父《おじ》の言葉に、津弓《つゆみ》はなにか感づいたようだ。まじまじと月夜公《つくよのぎみ》を見つめる。

「叔父上《おじうえ》……梅吉《うめきち》になにか言ったの？」

「ん……」

「まさか、武芸《ぶげい》大会には来るなって、梅吉《うめきち》に言ったのですか？」

「………」

「……ひどいです。叔父上《おじうえ》、ほんとにひどいです」

「これ、つ、津弓《つゆみ》」

「知らない！　もう叔父上《おじうえ》なんか知りません！」

うわあっと、泣《な》いて走りさる津弓《つゆみ》を、月夜公《つくよのぎみ》はあわてて追いかけた。

そうして、むくれた津弓《つゆみ》をなだめるために、いくつものあまい約束《やくそく》をするはめとなったのだ。

6　氷牢《こおりろう》から逃《に》げたもの

武芸《ぶげい》大会より数日後の午後、右京《うきょう》と左京《さきょう》は奉行所《ぶぎょうしょ》を訪《おとず》れた。

いち早く双子《ふたご》に気づいたのは、受付役《うけつけ》の桐風《きりかぜ》だった。

「これはぼっちゃんたち。今日《きょう》は二人だけですか？　お父上は？」

「はい。今日《きょう》は月夜公《つくよのぎみ》さまのご命令《めいれい》で、煙《けむり》ヶ森《がもり》のえんらえんら一族を訪問《ほうもん》しなければならぬとのことで、朝早くに出かけていきました」

「ははあ、なるほど。あ、そうそう。それで思いだした。月夜公《つくよのぎみ》さまからお二人に伝言《でんごん》がありますよ。今日《きょう》は津弓《つゆみ》さまは子預《こあず》かり屋《や》の弥助《やすけ》のところに行っているそうでして。明日までお泊《と》まりになるとのことですよ」

「弥助殿《やすけどの》のところへ？」

「お泊《と》まりでございまするか？」

いいなぁと、双子《ふたご》は顔を見合わせた。

「今度父上に頼《たの》んで、我《われ》らもお泊《と》まりをさせてもらいましょう、左京《さきょう》」

「それがいいです、右京《うきょう》。ともかく、今日《きょう》の見学は我《われ》らだけでするということですね」

「どんなものを見たのか、あとで津弓《つゆみ》さまに教えてさしあげましょう。それはそうと……桐風殿《きりかぜどの》、その頭のけがはだいじょうぶでございまするか？」

「それに翼《つばさ》も。痛《いた》くはございませせぬか？」

さらしを巻《ま》いた翼《つばさ》と頭を指さされ、桐風《きりかぜ》は少しほこらしげに胸《むね》をはった。

「なに、ちょっとしたかすり傷《きず》ですよ。先日の武芸《ぶげい》大会で、牛鬼《ぎゅうき》の角にひっかけられましてね。もっとひどい目にあった連中《れんちゅう》も多いですが、みんな、元気ですよ。へへへ。なにせ、ほうびがほうびですからねぇ」

その言葉どおり、奉行所《ぶぎょうしょ》の中に進むと、傷《きず》を負った烏天狗《からすてんぐ》をあちこちで見かけたが、どの顔にもだらしない笑《え》みがうかんでいた。みんな、これから開かれる茶会のことで頭がいっぱいになっているのだろう。

笑《わら》いをこらえながら、双子《ふたご》は奥《おく》へと進み、まだ行ったことのない場所を目指した。

すると、大きな蔵《くら》にたどりついた。

蔵《くら》は二つあった。一つには大きな鉄の扉《とびら》がはめこまれ、しっかりと錠前《じょうまえ》がとりつけられている。だが、もう一つの蔵《くら》には扉《とびら》がなく、出入り口の奥《おく》からは、ぴかぴかと、なにやら光がもれてくる。

右京《うきょう》と左京《さきょう》は光をはっしている蔵《くら》をそっとのぞきこんだ。中は、まるで鍛冶場《かじば》のようだった。金づちややっとこなど、さまざまな道具があふれ、奥《おく》の炉《ろ》は赤々と燃《も》えている。そして、中央では大きな影《かげ》が腕《うで》をふりまわしていた。影《かげ》の腕《うで》は四本あった。それらが風車のように回っており、その下から稲妻《いなずま》のような光がはじけている。

きゃっと、左京《さきょう》は小さくさけんでしまった。とたん、影《かげ》がこちらをふりかえった。

「だれだい?」

返事を待たずに、影《かげ》は双子《ふたご》たちにずんずんと近づいてきた。

女のあやかしだった。非常《ひじょう》に大きく、まるで大鬼《おおおに》のようだ。たくましい体つきに、長い四本の腕《うで》。すそをくくった袴《はかま》をはき、男のように黒い腹《はら》がけをつけた荒々《あらあら》しいすがただ。それでいて顔は若《わか》く、美しかった。

女妖《じょよう》は身をかがめて、双子《ふたご》をのぞきこんできた。と、急ににっこりした。

「ああ、話は聞いてるよ。飛黒殿《ひぐろどの》の双子《ふたご》の若《わか》たちが、あちこち見てまわってるってね。いつここに来てくれるか、楽しみにしてたところさ。あたしは武具師《ぶぐし》のあせび。ここの連中《れんちゅう》が使う武具《ぶぐ》や道具は、ぜんぶあたしが作っているんだ。さ、遠慮《えんりょ》はいらないよ。中に入って、見ていっておくれ。ただし、なにも触《さわ》らないように。あぶない物も多いから」

双子《ふたご》はそっと蔵《くら》へと足を踏《ふ》み入れた。中は火と焼《や》けた鉄の匂《にお》いで満《み》ちていた。

「さっきはなにを作っていたのでございまする？」

「ああ、これのことかい？」

じゃらりと、あせびは台の上から細く短い鎖《くさり》を取りあげた。鎖《くさり》の先には、大きな金の目玉が三つ、ついている。

「これは鬼蝙蝠《おにこうもり》の目玉だよ。闇《やみ》の中で光るんだ。で、目くらましに使えないかと、いま、あれこれためしているところさ。ふりまわしたら、ぱっと、光をはなつようにしたいんだけど、まだちょっと威力《いりょく》が弱くてね」

「あせび殿《どの》。あちらの、熊《くま》の皮のようなものは？」

「あれは鉄かわうその皮だよ。丈夫《じょうぶ》なものだから、おもに防具《ぼうぐ》に使うんだ」

「では、あれは？　あの青い結晶《けっしょう》のようなものは？」

「ああ、毒蝦蟇《どくがま》の涙《なみだ》さ。猛毒《もうどく》なんだけど、うんと薄《うす》めれば痺《しび》れ薬《ぐすり》として使える。捕《と》り縄《なわ》や矢じりにまぶしてみようかと思って」

「あせび殿《どの》！　あれ！　あの魚の骨《ほね》はなにに使うのでございまする？」

あれはこれはと、双子《ふたご》は目をかがやかせて聞いていった。

あせびはいやな顔一つせず、双子《ふたご》の問いに答えてくれた。どうやら自分の仕事に興味《きょうみ》を持ってもらえたことがうれしいらしい。しまいにはこんなことを言いだした。

「どうだい？　完成《かんせい》した武具《ぶぐ》を見せてあげようか？」

「いいのでございまするか？」

「ぜひ見とうございまする！」

「よしよし。じゃ、となりの蔵《くら》に行こうか。できあがった武具《ぶぐ》は、そっちにあるのさ」

三人はとなりの蔵《くら》へと行った。あせびは鍵《かぎ》を使って、扉《とびら》にかかった錠前《じょうまえ》をはずした。

「ここの鍵《かぎ》を持っているのは、月夜公《つくよのぎみ》さまとあたしだけなんだ。勝手に武器《ぶき》を持ちだされて、変《へん》なことに使われたら、それこそ大事になっちまうからね」

そう言いながら、あせびは四本の手を扉《とびら》に当て、ぐうっと押《お》した。

広い蔵《くら》の中は、弓や刀、槍《やり》やさすまたなどがずらりとならべられていた。いずれも手入れが行きとどいており、じんわりと青くかがやいている。

また、あちこちの棚《たな》には大小さまざまな箱がきちんと札《ふだ》をはりつけられて置《お》かれている。壁《かべ》にかかっているのは、鎖《くさり》や投網《とあみ》だ。

束《たば》にまとめられている縄《なわ》を見て、左京《さきょう》が声をあげた。

「あ、この縄《なわ》。武芸《ぶげい》大会で牛鬼《ぎゅうき》をつかまえるのに使われた縄《なわ》でございまするね？」

「そうだよ。それは月光から作った糸を、何百本とよりあわせて作った縄《なわ》さ。たとえ月夜《つくよの》公《ぎみ》さまであろうと、力ではこれを断《た》ち切《き》れないよ」

「つ、月夜公《つくよのぎみ》さまでもでございまするか？」

「なるほど。だから、牛鬼《ぎゅうき》のこともからめとれたのでございまするね！」

双子《ふたご》はおおいに納得《なっとく》した。

と、ここで右京《うきょう》は、自分の背丈《せたけ》ほどもある大きな青い壺《つぼ》を見つけた。

「あせび殿《どの》。あの壺《つぼ》の中身は？　水はじきの油、と書いてありまするが」

「名前どおりのものさ。その油を体に塗《ぬ》っておくと、水に濡《ぬ》れずにすむんだ。でも、いちいち全身にぬりこめるのはやっかいだから、いまは丸薬にできないか、いろいろ考えているところさ。飲んで同じ効果《こうか》が出せるなら、すごく楽になるからね」

「うまくいきそうでございまするか？」

「それがなかなかむずかしくてねえ。この前、烏天狗《からすてんぐ》の若《わか》いのに試作《しさく》の丸薬を飲ませてみたんだけど、目をまわして油壺《あぶらつぼ》をひっくり返してくれたよ。おかげでそこら中、油だらけになってさ。ぜんぶふきとるのに、大きな布《ぬの》をまるまる使うことになっちまった。あれはもったいなかったね。でもまあ、いずれは完成《かんせい》させてみせるよ」

ここで、外から声が聞こえてきた。

「あせび殿《どの》！　どこですか？」

「ん？　あの声は羽角《うかく》かな？　悪いね、ぼっちゃんたち。いったん外に出るよ」

「はい」

武具蔵《ぶぐぐら》を出たところ、そこに大柄《おおがら》な烏天狗《からすてんぐ》がいた。棒術《ぼうじゅつ》で勝者となった羽角《うかく》だ。両腕《りょううで》に、すねあてやこてなどをいくつもかかえている。どれもひび割《わ》れたり、はめこんである鉄板が外れたりしている。

「ああ、あせび殿《どの》。よかった。これらの修繕《しゅうぜん》をお願《ねが》いします」

「あっ、またこわしたのかい！」

「しかたないでしょう？　昨日《きのう》、鬼《おに》の宴《うたげ》があって、酔《よ》って暴《あば》れだした鬼《おに》を何匹《びき》も取りおさえなくてはならなかったんだから。むしろ、このくらいですんで幸いでしたよ」

「ったく。こっちが心をこめてこしらえたのを、毎度毎度、よくこわしてくれるものだよ。……ま、いいや。修繕《しゅうぜん》は引きうけたから、あんた、ちょいとつきあっておくれよ」

「え、なんですか？　いやですよ！」

「いいから！」

あわてて逃《に》げようとする羽角《うかく》を、あせびはすばやくつかまえた。なにしろ腕《うで》が四本もあるので、さすがの羽角《うかく》も逃《に》げられない。

泣《な》きそうな顔をしながら、羽角《うかく》はさけんだ。

「かんべんしてくださいよ！　またなにかためそうっていうんですか？　この前のとりもち罠《わな》のせいで、おれ、尻《しり》の羽をぜんぶ引きぬくはめになっちまったんだ。近いうちに茶会があるっていうし、いま、変《へん》な傷《きず》とか作りたくないんですよ！」

「なに言ってるんだい。そうやって失敗《しっぱい》をくりかえして、いいものができあがっていくんじゃないか。だいたい、あんたらがどんどん物をこわすから、こっちももっと強くて頑丈《がんじょう》な物を作らなきゃって、知恵《ちえ》をしぼることになるんだ。あ、そうだ。このごろは、道具の管理《かんり》もなってないね！　この前だって、雷水晶《かみなりすいしょう》ののみを一本なくしちまっただろ？　しっかりしておくれよ」

「そ、それはおれの知らないことですよ！」

「いいから、こっちに来な。逃《に》がさないよぉ。ちょうどためしたいことがあったんだ。ってことで、ぼっちゃんたち、今日《きょう》のところはこのくらいにしといてくれるかい」

「はい」

「お世話になりました、あせび殿《どの》」

「うん。さ、羽角《うかく》。こっちだよ」

「いやだぁぁ！」

あせびは羽角《うかく》を作業場の蔵《くら》へと引きずりこんでいった。羽角《うかく》の悲鳴が悲しく消えていき、右京《うきょう》と左京《さきょう》は顔を見合わせた。

「羽角殿《うかくどの》、お気《き》の毒《どく》ですね」

「でも……恥《は》ずかしいことですけど、我《われ》らでなくてよかったと、思ってしまいます」

「そうですね。……もう少し奥《おく》も見てみましょうか？」

「そうしましょう」

そのまま足を進めていくと、やがて、奉行所《ぶぎょうしょ》の建物の真裏《まうら》へとやってきた。

そこには大きな岩山がそびえていた。まるで天然《てんねん》の塀《へい》のように奉行所《ぶぎょうしょ》の背中《せなか》を守っている岩山。ごつごつとした岩肌《いわはだ》の割《わ》れ目《め》からは水があふれ、滝《たき》を生みだしていた。

滝《たき》の高さは、人の背丈《せたけ》の二倍ほど。決して大きくはないが、水量《すいりょう》はかなりのものだ。落ちた滝水《たきみず》の先は小さな池となっており、その池の水は奉行所《ぶぎょうしょ》をかこむ濠《ほり》へと流れこんでいっているらしい。

そして、池の横には、武装《ぶそう》した烏天狗《からすてんぐ》が一人、仁王立《におうだ》ちとなっていた。

双子《ふたご》を見るなり、その烏天狗《からすてんぐ》は笑顔《えがお》になった。

「飛黒殿《ひぐろどの》のご子息たちですね？　ついに氷牢《こおりろう》まで見学に来られたということですか」

「では、ここは氷牢《こおりろう》なのでございまするか？」

双子《ふたご》はおどろきの声をあげた。

ここ奉行所《ぶぎょうしょ》には、いくつもの牢《ろう》がある。軽い罪《つみ》を犯《おか》したあやかしが放りこまれる座敷牢《ざしきろう》。

裁《さば》きを待つ間に入れられる石牢《いしろう》。そして、重罪《じゅうざい》を犯《おか》したものが封《ふう》じられる氷牢《こおりろう》。

「では、あなたは氷牢《こおりろう》の牢番殿《ろうばんどの》でございまするか？」

「そうです。おれは雀丸《すずめまる》といいます」

「右京《うきょう》と左京《さきょう》でございまする」

「あの……雀丸殿《すずめまるどの》は、たったお一人で牢番《ろうばん》を務《つと》めておいでなのでございまするか？」

「いつもは二人でやっていますよ。でも、いまはそいつが休んでいましてね。まあ、おれ一人でもなんら問題ないんです」

「……でも、牢《ろう》からあやかしが逃《に》げだしでもしたら、それこそ一大事のはず。お一人で、本当にだいじょうぶなのでございまするか？」

不安《ふあん》げな双子《ふたご》に、雀丸《すずめまる》はにやりと笑《わら》った。

「とにかく一度、氷牢《こおりろう》に入ってみるといいですよ。おれが案内《あんない》しましょう」

そう言うなり、雀丸《すずめまる》はばっと翼《つばさ》を広げ、滝《たき》の中へと飛《と》びこんでいってしまったのだ。

ぎょっとして双子《ふたご》が立ちつくしていると、滝《たき》の向こうから雀丸《すずめまる》の声が響《ひび》いてきた。

「なにをしているんです？　だいじょうぶだから、早くいらっしゃい」

こうなってはしかたないと、双子《ふたご》は目をつぶり、滝《たき》の中へ飛《と》びこんだ。意外にも、ふわっとやわらかな心地がして、次の瞬間《しゅんかん》には固《かた》い地面を踏《ふ》んでいた。

目を開けると、前には長い洞窟《どうくつ》がずっと奥《おく》までつづいていた。滝《たき》の裏側《うらがわ》に、このような洞窟《どうくつ》が隠《かく》されていたとは。

だが、もっとおどろくことがあった。

「右京《うきょう》、我《われ》ら、濡《ぬ》れていません！」

「本当です！　滝《たき》をくぐったはずなのに、どうして？」

ぺたぺたと自分たちの顔や衣《ころも》を触《さわ》る右京《うきょう》たちに、先に入っていた雀丸《すずめまる》が笑《わら》った。

「この滝水《たきみず》は特別《とくべつ》なんですよ。術《じゅつ》がこめられたもので、入るときは決して濡《ぬ》れません」

「では、出るときは濡《ぬ》れてしまうのでございまするか？」

「いやいや。中のものを持ちだしたりしなければ、まったく濡《ぬ》れません。ということで、この洞窟《どうくつ》の中にあるものは、小石一つであろうと、持ちださないように」

雀丸《すずめまる》はまじめな顔となった。

「じつは、この滝《たき》こそが真の牢番《ろうばん》なんですよ。閉《と》じこめられたあやかしたちが氷を割《わ》って出てきたとしても、出口はここしかありません。そして、滝《たき》をくぐったがさいご、水は脱《だっ》獄者《ごくしゃ》を濡《ぬ》らし、強烈《きょうれつ》な臭《にお》いをはなつんです。だれかが忍《しの》びこんで、中にいるあやかしを連《つ》れだそうとしても同じことになる」

そうなったら、どこへ逃《に》げようと、どこへ隠《かく》れようとむだだ。臭《にお》いをたどられ、やがては追っ手につかまってしまうのだという。

おもしろいしかけだと、双子《ふたご》は感心した。

これを着なさいと、雀丸《すずめまる》は洞窟《どうくつ》の壁《かべ》にかけられていた蓑《みの》を三つ下ろして、二つを双子《ふたご》に渡《わた》してきた。蓑《みの》はほのかに赤く、触《ふ》れると、ちりりと、火花のはぜるような音がした。

「この奥《おく》は氷室《ひむろ》となっていて、おそろしく寒いんです。火藁《ひわら》で作ったこの蓑《みの》を着ないと、とても先へは進めないんです。あと、この藁靴《わらぐつ》もはいてください」

火藁《ひわら》で作られた蓑《みの》と藁靴《わらぐつ》は、身につけると、汗《あせ》が出てくるほど体が熱《あつ》くなった。

だが、これでも足りないほどだと、同じように蓑《みの》をまといながら、雀丸《すずめまる》は言った。

「このかっこうでも、四半刻《とき》と中にいられないですからね。じゃ、ついてきてください」

雀丸《すずめまる》は洞窟《どうくつ》の奥《おく》へと進みだし、双子《ふたご》はそのあとにつづいた。

雀丸《すずめまる》が「これでも足りない」と言っていた意味は、すぐにわかった。一歩進むごとに、寒さが強まってきたのだ。しんしんと、骨《ほね》に食いこむような寒さだ。

やがて、広々とした空間に到着《とうちゃく》した。そこはすべてが青い氷におおわれていた。天井《てんじょう》からは太いつららが、地面からは太い氷筍《ひょうじゅん》がのび、双方《そうほう》がぶつかりあって、何百という氷の柱《はしら》と化している。

その柱《はしら》の中に、あやかしたちが閉《と》じこめられていた。

一本につき一体ずつ、小さなものから巨大《きょだい》なものまで、さまざまなあやかしが恨《うら》みがましい目をかっと見開いたまま、氷漬《こおりづ》けとなっている。

あちこちの氷柱《ひょうちゅう》を、雀丸《すずめまる》は指さしていった。

「こいつは時吸《ときす》い。若《わか》さを吸《す》いとる魔鳥《まちょう》ですよ。鈴蛙《すずがえる》の里《さと》を襲《おそ》って、さんざん悪さをしたもんだから、こうしてつかまったわけです」

「こっちの大蛸《おおだこ》は、北の大海を荒《あ》らしまわった八禍《はっか》。人間の船を何隻《せき》も襲《おそ》って、魂《たましい》も血肉もたらふくすすりこんだやつです」

「ああ、この小さな赤《あか》ん坊《ぼう》は、災子《さいし》。見た目はかわいらしいが、とんでもないやつですよ。

あやかしの子を殺《ころ》して、それになりすまして、乳《ちち》を吸《す》うんです。で、そこにあきると、別《べつ》の子持ちのあやかしのところに行く。この見た目だし、だまされた親が守ろうとするものだから、つかまえるのに苦労《くろう》したそうですよ」

右京《うきょう》と左京《さきょう》はふるえが止まらなくなった。寒さではなく、おそろしさのせいだった。

「雀丸殿《すずめまるどの》は、いつもこのおそろしい場所を、み、見まわりしているのでございまするか？」

「とんでもない。おれはめったに入らないですよ。なにしろ、見まわりなど必要《ひつよう》ないほど強力な術《じゅつ》がほどこされているんですからね。でも、もう一人の牢番《ろうばん》の風丸《かぜまる》は、しょっちゅうここに来ていますね。あいつはまじめで、やたら牢《ろう》の見まわりをやりたがるんです。でも、さすがに無茶《むちゃ》が祟《たた》ったんでしょう。風邪《かぜ》をひいて、このところずっと休んでいるんです。この前の武芸《ぶげい》大会も出られなかったくらいで。さて、そろそろもどりましょうか」

双子《ふたご》はうなずき、きびすを返した。と、右京《うきょう》が足をすべらせて、尻《しり》もちをついた。

「だいじょうぶですか、右京《うきょう》？」

「だいじょうぶでございまする。なにかを踏《ふ》んで、それですべってしまって」

「踏《ふ》んだって、もしかしてこれですか？」

左京《さきょう》が拾いあげたのは、手のひらにのるほどの氷のかけらだった。青々としており、まるで夏の空を閉《と》じこめたかのような色をしている。

それを見たとたん、雀丸《すずめまる》の目の色が変《か》わった。くちばしがおびえたようにわななき、しわがれた声をしぼりだした。

「ど、どうして、かけらがあるんだ。そんなはずは……」

ふいに、雀丸《すずめまる》は翼《つばさ》を広げ、奥《おく》へと飛《と》んでいってしまった。双子《ふたご》はあわててあとを追った。

ようやく追いついたとき、雀丸《すずめまる》はぼうぜんと立ちすくんでいた。その前には、切《き》り株《かぶ》のような氷の塊《かたまり》と、無数《むすう》のかけらが散《ち》らばっていた。たぶん、ここには氷の柱《はしら》があったのだろう。だが、それは折《お》れて、砕《くだ》かれて、なくなってしまっている。

それがなにを意味するのかは、右京《うきょう》と左京《さきょう》にも理解《りかい》できた。


知らせを聞いて、月夜公《つくよのぎみ》はすぐにやってきた。もとから白い顔は、砕《くだ》かれた氷柱《ひょうちゅう》を見るなり、いっそう白くなった。

やがて乾《かわ》いた声で、月夜公《つくよのぎみ》は言った。

「……どういうことじゃ？　なにゆえ、百七番目の氷が砕《くだ》かれておる？　中にいたあの女は……どこへ失《う》せたというのじゃ？」

「わ、わかりませぬ、月夜公《つくよのぎみ》さま」

「わからぬではすまぬぞ！」

熱波《ねっぱ》のような怒《いか》りの気を、月夜公《つくよのぎみ》がはなった。あまりのすさまじさに、その場にいたものは全員、あとずさりした。右京《うきょう》と左京《さきょう》にいたっては、尻《しり》もちをついてしまったほどだ。

月夜公《つくよのぎみ》は煮《に》えたぎるような目で、配下の烏天狗《からすてんぐ》たちをにらみつけた。

「なんであれ、自力で氷より抜《ぬ》けだしたはずがない。そのようなことは決してできぬ。だれかがここに忍《しの》びこみ、氷を砕《くだ》いて、あの女を連《つ》れだしたにちがいない」

「し、しかし、月夜公《つくよのぎみ》さま、それならば滝水《たきみず》が逃《に》げたものどもに臭《にお》いをつけるはず。そのような臭《にお》いはまったくいたしませせぬ」

「それもありえぬことじゃ！　ここよりなにかを持ちだせば、たとえそれが一粒《つぶ》の小石であろうと、水にかけた術《じゅつ》が働《はたら》く。吾《われ》自らがそのように術《じゅつ》をかけたのじゃ。もしこの術《じゅつ》が破《やぶ》られたのだとしたら……それはこの仕組みをよく知るもののしわざであろう」

はっと、全員が息をのんだ。冷《ひ》え冷《び》えとしたものが、その場に広がっていく。いたたまれずに顔を伏《ふ》せる烏天狗《からすてんぐ》たちに、月夜公《つくよのぎみ》は今度は静《しず》かに言った。

「百七番の罪人《ざいにん》を連《つ》れだしたのがだれであれ、そやつは時をかけたはずじゃ。よくよく下見をし、計画を練り、準備《じゅんび》をしたはず。……牢番《ろうばん》、おるかえ?」

「は、はい。わたしでございます」

がたがたとふるえながら、雀丸《すずめまる》が進みでた。

「で、ですが、わたしは誓《ちか》って潔白《けっぱく》でございますし、怪《あや》しいやつを、と、通したことはございません。あの滝《たき》に、ち、ち、近づけたことも……」

必死《ひっし》で言う雀丸《すずめまる》を、月夜公《つくよのぎみ》はまっすぐ見つめていた。やがて、うなずいた。

「おぬしは真実を申しておるな。もうよい。疑《うたが》いは晴れた。やがて、うなずいた。

はず。だれじゃ? 進みでよ。話を聞きたい」

「あ、あの……風丸《かざまる》は、あ、あの、休みをとっております。風邪《かぜ》をひいたとかで……」

「いつから休んでおる?」

「も、もう十日あまりになるかと……し、しかし、風丸《かざまる》は怪《あや》しまれるようなものではございません。氷牢《こおりろう》の見まわりも、わたしよりもずっと熱心《ねっしん》でした。毎日、何度となく中に足を運んでいたくらいでして」

だが、雀丸《すずめまる》の言葉に、月夜公《つくよのぎみ》はいっそうけわしい顔となった。

「日に何度となく、とな。……出てきたときのようすはどうであった?」

「そういえば、少しぼうっとした顔をしていたような。い、いつもではありませんが、目がいやにぎらついて見えるときもありました」

それだけ聞けば十分だと、月夜公《つくよのぎみ》は身をひるがえした。

「これより風丸《かざまる》の家へ行く！　手の空いているものは全員まいれ！」

「は、ははっ！」

月夜公《つくよのぎみ》につづき、烏天狗《からすてんぐ》たちはいっせいに出口へと向かう。自分たちはどうしたらいいのだろうと思いつつ、右京《うきょう》と左京《さきょう》もあとにつづいた。

滝《たき》を出たところで、上空から飛黒《ひぐろ》が舞《ま》いおりてきた。

「月夜公《つくよのぎみ》さま！　脱獄《だつごく》というのは、まことでございまするか？」

「そのようじゃ。よいところにもどってきた。牢番《ろうばん》の風丸《かざまる》が不審《ふしん》な動きをしていたようじゃ。取り急ぎ、やつの身柄《みがら》をおさえる。おぬしも共《とも》にまいれ」

「か、風丸《かざまる》が？」

飛黒《ひぐろ》はぐらりとよろめいた。

「あれはひどくまじめな若者《わかもの》で、そのような大それたことをするとは……」

「怪《あや》しいものはだれであろうと調べる。……脱獄《だつごく》したのは百七番の罪人《ざいにん》じゃ」

ぎょっとしたように、飛黒《ひぐろ》は目をみはった。

ひどく苦い顔をしながら、「まいるぞ！」と、月夜公《つくよのぎみ》は飛《と》びたった。

飛黒《ひぐろ》もそれにつづこうとしたが、ここで双子《ふたご》に気づいた。

「おまえたち！　いたのか！」

「ち、父上！」

駆《か》けよる双子《ふたご》に、飛黒《ひぐろ》はきびしく言った。

「こたびは連《つ》れていけぬぞ。おまえたちは家に……いや、子預《こあず》かり屋《や》の弥助《やすけ》のところへ行け。今日《きょう》は津弓《つゆみ》さまも弥助《やすけ》のところにおいでだ。いっしょに預《あず》かってもらえ。よいな？」

「は、はい」

「さあ、早く行け」

そう言って、飛黒《ひぐろ》は翼《つばさ》を広げ、月夜公《つくよのぎみ》たちのあとを追っていった。

残《のこ》された双子《ふたご》は、がくがくとふるえていた。胸《むね》がどきどきして、苦しかった。

「う、右京《うきょう》はこわいです、左京《さきょう》」

「左京《さきょう》もです。……とにかく、ち、父上の言いつけどおりにしましょう」

「そ、そうしましょう」

たがいを支《ささ》えあうようにしながら、小さな烏天狗《からすてんぐ》たちは飛《と》びたった。

奉行所《ぶぎょうしょ》近くには一本の大杉《おおすぎ》がある。それこそ天にも届《とど》くような大樹《たいじゅ》だ。この巨大《きょだい》な木の枝《えだ》には、これまた小屋ほどもある瓢簞《ひょうたん》がいくつもぶらさがっており、独《ひと》り者《もの》の烏天狗《からすてんぐ》たちはその瓢簞《ひょうたん》の中をくりぬき、住まいとして使っている。言わば、この大《おお》杉《すぎ》は烏天狗《からすてんぐ》の長屋であった。

そしていま、大杉《おおすぎ》からぶらさがる瓢簞《ひょうたん》の一つを、月夜公《つくよのぎみ》をはじめとした奉行所《ぶぎょうしょ》の烏天狗《からすてんぐ》たちが取りかこんでいた。

「風丸《かぜまる》。出てきませい！」

飛黒《ひぐろ》が呼《よ》ばわっても、瓢簞《ひょうたん》の中から返事はない。

「かまわぬ！　踏《ふ》みこめ！」

月夜公《つくよのぎみ》の命に、二名の烏天狗《からすてんぐ》が中に突入《とつにゅう》した。だが、すぐに顔を出してきた。

「おりませぬ！」

「もぬけの殻《から》でございまする！」

「うぬ！　逃《に》げられたか。みなは周囲《しゅうい》に聞きこみをせよ！　風丸《かぜまる》を見かけたものからは、徹底的《てっていてき》に話を聞きだすのじゃ！」

即座《そくざ》に命じたあと、月夜公《つくよのぎみ》は飛黒《ひぐろ》を連《つ》れて、瓢簞《ひょうたん》の中に入った。

中はちらかっていた。ぐしゃぐしゃに丸められたふとんに、あちこちに放りだされた器《うつわ》。そして、うっすらとほこりが積《つ》もっていた。

「月夜公《つくよのぎみ》さま。風丸《かざまる》はしばらくここを留守《るす》にしていたようでございます。このほこりの積《つ》もりようをごらんください。十日はここに出入りしたものはいないかと」

「では、やつがあの女を脱獄《だつごく》させたのは、十日前と考えられよう」

「そ、そういえば、風丸《かざまる》は十日前から休みをとっております。さいしょは身内が亡《な》くなったということで休みをとり、そのあとはひどく風邪《かぜ》をこじらせたと言って……」

一つ、また一つと、風丸《かざまる》の疑《うたが》わしさがかたまっていく。

月夜公《つくよのぎみ》は目を閉《と》じ、心をしずめて考えはじめた。

「風丸《かざまる》……玄空《げんくう》から聞いた名じゃ。熱心《ねっしん》に勉学に励《はげ》んでいる若者《わかもの》で、没頭《ぼっとう》しすぎて書物に水をこぼしたと。その書物は……そう。万年氷の術《じゅつ》を破《やぶ》る方法が記されていたな。もう一冊《さつ》は、事件《じけん》の記録《きろく》……四十五年前のもの。なんの事件《じけん》であったか……ああ、そうか！」

かっと目を開いた主《あるじ》を、飛黒《ひぐろ》は息をつめて見た。

「なにか、思いあたることでも？」

「風丸《かぜまる》はおそらく、安全な隠《かく》れ家《が》を探《さが》していたはずじゃ。罪人《ざいにん》を氷牢《こおりろう》から連《つ》れだしたとしても、連《つ》れて逃《に》げるのはむずかしいからの」

「たしかに。長きにわたって氷に閉《と》じこめられていたものの血肉は、冷《ひ》えてかたまってしまっておりますからな」

「そうじゃ。氷から出されたとしても、あの女が動けるようになるには数日はかかる。風《かぜ》丸《まる》も、それはわかっていたであろう。ならば、隠《かく》れ家《が》を事前に用意し、あの女をそこへと連《つ》れこんだはず。ゆっくりと養生《ようじょう》させ、力を取りもどさせるためにな」

「しかし、その隠《かく》れ家《が》はどこに？」

「……四十五年前、邪魅《じゃみ》の一派《いっぱ》が禁《きん》じられた果実《かじつ》を大量《たいりょう》に盗《ぬす》みだした事件《じけん》があったであろう？」

「はい。おぼえておりまする。凶実《きょうじつ》。食《く》らうと、妖気《ようき》が強まるかわりに血に飢《う》えるようになる忌《い》まわしい果実《かじつ》でございまする」

「それゆえ、我《われ》らはすぐにやつらを追った。あの隠《かく》れ家《が》はじつにたくみに隠《かく》されていた。見つけだすことができたのは、まったくの偶然《ぐうぜん》、幸運としか言いようがなかった。悪党《あくとう》ながら見事なものだと、吾《われ》はひそかに感心したほどよ」

月夜公《つくよのぎみ》の言わんとしていることに、ようやく飛黒《ひぐろ》は気づいたようだ。

「では、風丸《かぜまる》はあそこに？」

「吾《われ》の勘《かん》ではそうじゃ。おそらく、風丸《かぜまる》は記録《きろく》を読んで、そこがよいと決めたのであろう。そして、わざと記録《きろく》に水をこぼした。申《もう》し訳《わけ》ないことをした、濡《ぬ》れてにじんでしまった箇《か》所《しょ》は、自分が責任《せきにん》を持って書きなおす。そう言《い》い訳《わけ》して、まんまと隠《かく》れ家《が》が記されている記《き》録《ろく》を持ち帰り、自らのものにしたのであろうよ」

「では、風丸《かぜまる》はあの隠《かく》れ家《が》にいるのでございまするね。すぐに向かいまする！」

「いや、あの記録《きろく》がなければ、迷《まよ》うだけじゃ。……まずは玄空《げんくう》のもとへ行け。玄空《げんくう》なれば、あの書のことを記憶《きおく》しておるはず。思いださせ、地図を描《か》かせよ」

「ははっ！」


月夜公《つくよのぎみ》も飛黒《ひぐろ》も風のように動いたが、それでも目的《もくてき》の場所にたどりついたときには、一刻《こく》ほどたってしまっていた。

そこは黒影《くろかげ》ノ森《もり》であった。名前のとおり、黒い影《かげ》が陽炎《かげろう》のように高くゆらゆらと立ちのぼり、実体のない黒い森を生みだしている場所だ。地は黒いかびでおおわれ、むせるようなかび臭《くさ》さが大気に満《み》ちている。

玄空《げんくう》が描《か》いた地図を頼《たよ》りに、月夜公《つくよのぎみ》たちは慎重《しんちょう》に歩を進めた。なにしろ、影《かげ》はつねにゆらめき、消えてはまたあらわれる。道しるべになりそうなものは地面にしかなく、それも黒かびにおおわれて、見逃《みのが》しやすい。

だが、ついに一人の烏天狗《からすてんぐ》が声をあげた。

「月夜公《つくよのぎみ》さま！　こちらへ！　これではありませぬか？」

その烏天狗《からすてんぐ》が指さしたのは、ただの石に見えた。やはり黒かびにおおわれているが、わずかに白い石肌《いしはだ》がのぞいている。

「これじゃ。よう見つけた」

月夜公《つくよのぎみ》はその石を拾いあげ、二度、地面に落とした。

とたん、周囲《しゅうい》の影《かげ》が大きくゆらめいた。景色《けしき》がゆるやかに変《か》わり、すぐ目の前に、それまでなかった小屋があらわれる。人骨《じんこつ》で組みたてられた小屋だった。

月夜公《つくよのぎみ》は命を下した。

「取りかこめ。中にいるものは、だれであれ逃《のが》すな。刃向《はむ》かう相手は切りすてよ」

「風丸《かぜまる》も、でございますか？」

「むろんじゃ。できれば生け捕《いど》りにしたいが、無理《むり》をするつもりはない。……あの女は吾《われ》が始末《しまつ》する」

決意をこめてつぶやく月夜公《つくよのぎみ》に、若《わか》い烏天狗《からすてんぐ》が駆《か》けよってきた。

「月夜公《つくよのぎみ》さま、一同、位置《いち》につきました」

「では行け！　戸という戸をすべて蹴破《けやぶ》って、中を調べよ！」

「はっ！」

小屋そのものをこわさんばかりの勢《いきお》いで、烏天狗《からすてんぐ》たちはいっせいになだれこんだ。

中にはだれもいなかった。

だが、なにもないわけではなかった。

囲炉裏《いろり》にはまだ燃《も》えさしがくすぶっており、奥《おく》に敷《し》かれたままのふとんには、だれかが横たわっていた形跡《けいせき》が残《のこ》っている。そして、たくさんの獣《けもの》の死骸《しがい》が積《つ》みかさなっていた。どれも血と胆《きも》が抜《ぬ》きとられている。

月夜公《つくよのぎみ》は吐《は》きすてるように言った。

「獣《けもの》の胆《きも》と生き血で、力を回復《かいふく》させたようじゃな」

「月夜公《つくよのぎみ》さま。この寝床《ねどこ》、まだ温こうございまするぞ」

「ああ、つい先ほどまでここにいたようじゃ。一足ちがいであったか。……ここにもどってくることはあるまい。急ぎ手配を広げよ。やつらを見つけるまで、休んではならぬ！」

「は、はい！」

ここで飛黒《ひぐろ》が月夜公《つくよのぎみ》のもとに近づいてきた。左手に大きな灰《はい》色の布《ぬの》を、右手には黒い羽根を何枚《まい》かにぎりしめていた。

「月夜公《つくよのぎみ》さま……この羽根は風丸《かぜまる》のもの。あちこちに落ちておりました。武具蔵《ぶぐぐら》のあせびがなくなったと騒《さわ》いでいた雷水晶《かみなりすいしょう》ののみも、あちらで見つかりました。やはり、風丸《かぜまる》が加担《かたん》したと見てまちがいないかと」

「そうか……その布《ぬの》はなんじゃ？」

「これも落ちておりました。油がしみこんでおりまする。匂《にお》いからして、おそらく水はじきの油ではないかと」

なるほどと、月夜公《つくよのぎみ》はうなずいた。

「それで、あの滝《たき》を無事《ぶじ》にくぐりぬけたわけじゃな。風丸《かぜまる》は自分の体に水はじきの油をぬりこめ、同じように油をしみこませたその布《ぬの》で、氷ごとあの女を包《つつ》みこみ、持ちだしたのであろう。なるほど、これならば体に水はつかず、臭《にお》いが発生することもない。……憎《にく》らしいが、ようも考えたものよ」

「……………」

「そして、ここに女を運び、のみを使って氷を砕《くだ》き、女を外へ出したのであろうな」

「しかし、氷漬《こおりづ》けのあやかしを運ぶなど……奉行所《ぶぎょうしょ》内でそのようなまねは不可能《ふかのう》なのでは？　たとえ布《ぬの》でおおっていようと、だれかしらに怪《あや》しまれたはずでございまする」

「……少し前に、奉行所《ぶぎょうしょ》で腐敗虫《ふはいむし》がわくという騒《さわ》ぎがあったであろう？」

あっと、飛黒《ひぐろ》が息をのんだ。

「では、あ、あのときに？」

「おそらくな。あの騒《さわ》ぎじゃ。どのようなものを運んでいようと、だれの目にも留《と》まるまいよ。考えてみるに、あの虫の卵《たまご》も、前もって風丸《かぜまる》が仕込《しこ》んだものにちがいあるまい」

「しかし、なぜでございましょう？　あれほどまじめな若者《わかもの》がどうしてこのような……」

泣《な》きそうな顔をする飛黒《ひぐろ》に、月夜公《つくよのぎみ》はしかりつけるように言った。

「嘆《なげ》いている暇《ひま》はない。風丸《かぜまる》とあの女がどこへ逃《に》げたか、なんとしてもつきとめねば。とはいうものの……自由に動けるようになったあの女が、風丸《かぜまる》に従《したが》うとも思えぬ。あやつはほしいものを手に入れることしか考えぬ女だ。強欲《ごうよく》で、それゆえに残忍《ざんにん》で……恨《うら》みも忘《わす》れることはあるまい。……いかん！」

いきなりさけんだ月夜公《つくよのぎみ》に、飛黒《ひぐろ》はぎょっとした。

「つ、月夜公《つくよのぎみ》さま？」

「津弓《つゆみ》じゃ！　あの子があぶない！」

顔色を変《か》えて、月夜公《つくよのぎみ》は身をひるがえした。

7　災《わざわ》い来襲《らいしゅう》

その日、子預《こあず》かり屋《や》の弥助《やすけ》のもとはにぎやかだった。朝から津弓《つゆみ》が「泊《と》まりに来た」と笑顔《えがお》で走りこんできたかと思えば、そのあとすぐに梅《うめ》の里《さと》の子妖《こよう》、梅吉《うめきち》もやってきたのだ。

悪たれ二つ星がそろったことに、弥助《やすけ》は首をかしげながらたずねた。

「なんだ。おまえたち、ここで会おうって、約束していたのかい？」

「ちがうよ。いきなり月夜公《つくよのぎみ》がやってきてさ、弥助《やすけ》んとこに行けって、言ってきたんだ」

「……月夜公《つくよのぎみ》、よっぽど津弓《つゆみ》のご機嫌《きげん》をとりたいみたいだな」

一方、ひさしぶりに会う友に、津弓《つゆみ》は大よろこびした。

「うわあ、梅吉《うめきち》！　ひさしぶりぃ！」

「よう、津弓《つゆみ》。元気だった？」

「元気だったよ！　ね、遊ぼう！　遊ぼうよ！」

「そうだな。弥助《やすけ》、なんか遊ばせておくれよ」
「いいでしょ、弥助《やすけ》？　あと、弥助《やすけ》もいっしょに遊ぼうよ」
きゃあきゃあとしがみついてくる子妖《こよう》らに、弥助《やすけ》は苦笑《にがわら》いした。千弥《せんや》が按摩《あんま》に行ってい
て、幸いだ。ここにいたら、「弥助《やすけ》に迷惑《めいわく》をかけるんじゃないよ」と、子妖《こよう》らをひきはが
していたことだろう。
「千にいはまだ当分はもどらないだろうし……よし！　いっぱい遊んでやるぞ！　おまえ
たち、すがたを見えなくすることはできるかい？　できるなら、近くの神社のお祭りに連《つ》
れてってやる」
「できるできる！」
「うわあ、お祭り！」
そうして、弥助《やすけ》は神社の祭りに津弓《つゆみ》と梅吉《うめきち》を連《つ》れていってやった。あきるまで神輿《みこし》を見
て、出店を残《のこ》らず見てまわって。
飴《あめ》や団子《だんご》も買いこみ、子妖《こよう》たちは大満足《だいまんぞく》のようすだった。
そうして三人はまた太鼓《たいこ》長屋にもどった。
人ごみを歩きまわったせいか、子妖《こよう》たちは少しくたびれたようだ。だが、夕暮《ゆうぐ》れまで昼《ひる》

寝《ね》すると、また元気になった。

そのころになっても、まだ千弥《せんや》はもどってこなかった。だが、弥助《やすけ》は気にしなかった。佐和《さわ》のご隠居《いんきょ》に呼《よ》ばれたときは、だいたい長くひきとめられる。今回もそうだろうと、弥《や》助《すけ》は先に夕飯《ゆうめし》を食べてしまうことにした。

「梅吉《うめきち》も夕飯《ゆうめし》を食っていくかい？」

「うん。そうしたい。夕飯《ゆうめし》はなんだい？」

「茶《ちゃ》漬《づ》けと漬物《つけもの》。昼間、いっぱいおやつを食べたから、軽めにしとこうと思ってさ」

そうして三人なかよく梅茶《うめちゃ》漬《づ》けをすすっていたときだ。

烏天狗《からすてんぐ》の双子《ふたご》、右京《うきょう》と左京《さきょう》が転がるように飛《と》びこんできた。

双子《ふたご》の青ざめた顔におどろきながら、ともかく落ちつけと、弥助《やすけ》は二人に水を飲ませ、ふるえがおさまるまで抱《だ》きしめてやった。津弓《つゆみ》と梅吉《うめきち》は、そんな二人を心配そうに見つめる。

ようやくふるえがおさまってくると、双子《ふたご》はぽつぽつと語りだした。

妖怪《ようかい》奉《ぶ》行所《ぎょうしょ》の氷牢《こおりろう》に行ったこと。そこから罪人《ざいにん》が脱獄《だつごく》したこと。どうも牢番《ろうばん》の烏天狗《からすてんぐ》のしわざらしいこと。

まさかの大事件《だいじけん》に、津弓《つゆみ》も梅吉《うめきち》もぽかんと口を開けた。弥助《やすけ》は弥助《やすけ》で、思わず眉《まゆ》をひそめた。

「月夜公《つくよのぎみ》が青ざめたってことは、逃《に》げたやつは相当な悪党《あくとう》ってことだ。……早くつかまるといいよな。ともかくさ、右京《うきょう》、左京《さきょう》、おまえたちも少しのんびりしな。そうだ。茶漬《ちゃづ》けでも食うかい？　じゃなきゃ、ちょっと横になって休みなよ」

ここで「ごめんくださいまし」と、女妖《じょよう》の玉雪《たまゆき》が入ってきた。すでに日が暮《く》れたあとなので、人のすがたをとっている。

狭《せま》い部屋の中、体をよせあうようにして座《すわ》り、玉雪《たまゆき》が差《さ》し入《い》れてくれたぼた餅《もち》を食べながら、みんなは脱獄騒《だつごくさわ》ぎのことを話しあった。

「そのことならもう知れわたっておりますよ。どこもかしこも、あのぅ、大さわぎしています」

「逃《に》げたやつのこと、玉雪《たまゆき》さんは聞いた？」

「あい。少しだけですけど。逃《に》げたのは女のあやかしで、とても残忍《ざんにん》だとのこと。それに、あのぅ、変化《へんげ》がうまいそうです。弥助《やすけ》さんも気をつけてくださいまし。知らないあやかしが来ても、あのぅ、むやみやたらと招《まね》き入れてはいけませんよ」

「そう言われてもなぁ。おれ、子預《こあず》かり屋《や》だし、知らない相手だからって、やってきたお客を追いかえすわけにもいかないし。ちょっとむずかしいなぁ」

弥助《やすけ》は腕組《うでぐ》みして考えこんだ。

と、その肩《かた》の上に乗っていた梅吉《うめきち》が、いきなり関係《かんけい》ないことを言いだした。

「それはそうと、玉雪《たまゆき》さん、着物を替《か》えたんだね」

以前《いぜん》の玉雪《たまゆき》は柿《かき》色の地に赤い南天もようの着物を着ていたのだが、いまは藤《ふじ》もようのついた黒い着物だ。黒地がきりりと美しく、色白の玉雪《たまゆき》によく似合《にあ》っている。

「あい。これは久蔵《きゅうぞう》さんのお見立てなんですよ。去年の冬の猫首騒動《ねこくびそうどう》にまきこまれて、あのう、前の着物はなくすはめになってしまって。そうしたら、久蔵《きゅうぞう》さんが、あのぅ、これを贈《おく》ってくださったんですよ」

「久蔵《きゅうぞう》さんって、あの初音姫《はつねひめ》の旦那《だんな》になった人だね。へえ。いい見立てじゃないか。よく似合《にあ》ってるよ」

「あら、ほんとうですか?」

玉雪《たまゆき》がうれしそうに頬《ほお》を染《そ》めたときだった。

あわただしい声が外から響《ひび》いてきた。

「ごめんくだされ！　妖怪奉行所《ようかいぶぎょうしょ》のものでございまする！　急ぎの用でございまする！　開けてくだされ！」

なんだ、と弥助《やすけ》はすぐに戸口に飛《と》んでいった。

戸を開けてみると、外には烏天狗《からすてんぐ》が立っていた。小太りで、弥助《やすけ》が会ったことのない相手だ。

肩《かた》で息をしながら、烏天狗《からすてんぐ》はぎらぎらした目を弥助《やすけ》に向けてきた。

「子預《こあず》かり屋殿《やどの》でございまするな？　津弓《つゆみ》さまはどこでございまする？　至急《しきゅう》、津弓《つゆみ》さまを連《つ》れてもどれとの、月夜公《つくよのぎみ》さまの命令《めいれい》でございまする」

「そ、そうなのかい？」

「はい。どうか津弓《つゆみ》さまを。月夜公《つくよのぎみ》さまのもとへお連《つ》れせねばならぬのでございまする」

あわてた声に、弥助《やすけ》まであせってきた。

「すぐに連《つ》れてくるよ。おい、津弓《つゆみ》。帰るしたくをしろ」

「ええぇ、なんで？　叔父上《おじうえ》は明日まで泊《と》まっていいと、言ってくださったのにぃ」

ふくれっつらとなる津弓《つゆみ》を、弥助《やすけ》はなだめた。

「そう言うなって。なんか一大事みたいだ。月夜公《つくよのぎみ》のそばにいたほうが、おまえは安全だよ」

「でも、せっかく弥助《やすけ》や梅吉《うめきち》に会えたのに。やだなぁ。帰りたくないよぉ」

津弓《つゆみ》はごねて、床《ゆか》にころりと転がった。

と、外にいる烏天狗《からすてんぐ》が、いらだったような声をあげてきた。

「急いでくだされ。一刻《いっこく》を争《あらそ》う事態《じたい》なのでございまするぞ！」

「ほら、津弓《つゆみ》。今夜はとりあえず帰りな。脱獄《だつごく》した悪いやつがうろついているらしいし、月夜公《つくよのぎみ》も心配なんだろうさ。今度またゆっくり来ればいいじゃないか。そうだ。右京《うきょう》、左《さ》京《きょう》、おまえたちも津弓《つゆみ》についていってやってくれないか？」

「承知《しょうち》いたしました」

双子《ふたご》はすぐにうなずいた。

「ね、津弓《つゆみ》さま。我《われ》らがお供《とも》いたしまする。ですから、月夜公《つくよのぎみ》さまのもとにまいりましょう」

「ほらほら、まいりましょう」

そう言って、双子《ふたご》は先に戸口へと飛《と》んでいった。だが、外にいる烏天狗《からすてんぐ》を見るなり、ぴたりと動きを止めたのだ。

かたまる二人に、弥助《やすけ》は違和感《いわかん》をおぼえた。

「おい、どうした？　右京《うきょう》？　左京《さきょう》？」

だが、双子《ふたご》は答えない。敷居《しきい》の向こうに立つ小太りの烏天狗《からすてんぐ》をじっと見つめている。

やがて、ささやくように右京《うきょう》が言った。

「我《われ》らをおぼえておられまするか？」

「え？　あ、いや……」

「我《われ》らはおぼえておりまする」

今度は左京《さきょう》がささやいた。

「あなたは、釣鐘《つりがね》ヶ淵《がふち》に雷水晶《かみなりすいしょう》のみを運んでこられた烏天狗《からすてんぐ》。みんなはあなたを、風《かぜ》丸《まる》と呼《よ》んでおられた」

なんだってと、弥助《やすけ》は目をみはった。

風丸《かぜまる》とはたしか、いま逃亡中《とうぼうちゅう》の烏天狗《からすてんぐ》ではなかったか？　牢番《ろうばん》でありながら、脱獄《だつごく》に手を貸《か》したという烏天狗《からすてんぐ》の名ではなかったか？

にっと、小太りの烏天狗《からすてんぐ》が笑《わら》った。同時に腕《うで》を高くふりあげる。

ぞっとするような寒気を感じ、弥助《やすけ》はとっさに前に飛《と》びだした。両腕《りょううで》に双子《ふたご》をかかえ、自分の身でかばった。

直後、なにかが引《ひ》き裂《さ》かれるようなにぶい音がして、温かい血が飛《と》びちった。だが、それは弥助《やすけ》のものではなかった。

「玉雪《たまゆき》さん！」

玉雪《たまゆき》だった。弥助《やすけ》たちの前に仁王立《におうだ》ちとなり、烏天狗《からすてんぐ》の攻撃《こうげき》のすべてを受けたのだ。

小柄《こがら》な女妖《じょよう》はそのまま崩《くず》れるように倒《たお》れた。どくどくと、血が土間に広がっていく。

「し、しっかりして！」

玉雪《たまゆき》にとりすがる弥助《やすけ》のうしろで、子妖《こよう》たちがいっせいに悲鳴をあげだした。

弥助《やすけ》も悲鳴をあげたかった。こわかったし、わけがわからなかった。

なぜ？　なぜだ？

とにかく血を止めようと、玉雪《たまゆき》の傷《きず》を手ぬぐいでおさえた。だが、手ぬぐいは見る間にじっとりと濡《ぬ》れていく。あふれる赤が、弥助《やすけ》の指や手にもしみこんでいく。

ふとんを出せと、子妖《こよう》たちにさけぼうとしたところで、弥助《やすけ》は例《れい》の烏天狗《からすてんぐ》が中に入ってこようとしていることに気づいた。

弥助《やすけ》が子預《こあず》かり屋《や》となったときから、この部屋には妖怪奉行所《ようかいぶぎょうしょ》による結界《けっかい》がはりめぐらされている。やってくる妖怪《ようかい》のすがたが他の人間に見られないためであり、邪気《じゃき》をまとうものを入れないためでもある。

その結界《けっかい》がいま、破《やぶ》られようとしていた。

じわじわと、見えない壁《かべ》を押《お》しやるように、烏天狗《からすてんぐ》は前に進んできていた。だが、無傷《むきず》というわけにはいかないのだろう。その黒い羽毛《うもう》が、肌《はだ》が、めくれて、ぼろぼろときたならしい布《ぬの》のように下へ落ちていく。そうして白玉のように白い肌《はだ》があらわとなっていくのを、弥助《やすけ》も子妖《こよう》たちもおどろきの目で見つめていた。

ついに、それは長屋の中に入ってきた。そのときには烏天狗《からすてんぐ》の皮はかぶりもののごとく剝《は》ぎ取《と》られていた。

そこに立ったのは若《わか》い女のあやかしだった。

ほっそりとした優美《ゆうび》なすがたに、しなやかな首。豊《ゆた》かな髪《かみ》は長くそのままに流しており、肌《はだ》は白梅《はくばい》のような香《かお》りをはなっている。

その顔立ちはじつに美しかった。ふっくらとした唇《くちびる》は赤く、切れ長の目にはめこまれた瞳《ひとみ》も鬼灯《ほおずき》のように赤い。うしろでは白い狐《きつね》のような尾《お》が二本、ゆらゆらと揺《ゆ》れていた。

その動きすらなまめかしかった。

だが……。

これほどの美女はそうはいないと思う一方で、弥助《やすけ》はなぜかぞっとした。

この女の中には底知《そこし》れぬ闇《やみ》と毒《どく》がある。

そう感じたのだ。

一方、女妖《じょよう》は弥助《やすけ》を見てはいなかった。

その赤い目は、おさない津弓《つゆみ》へ向けられていた。

牡丹《ぼたん》の花のように、女妖《じょよう》はにっこりと笑《わら》った。

「おまえが津弓《つゆみ》なのですね。会えてうれしいですよ、津弓《つゆみ》。ふふふ。そんなおびえた顔をせずともだいじょうぶですよ。わたくしはおまえと同じ、王妖狐族《おうようこぞく》のものなのですから」

弥助《やすけ》は思わず津弓《つゆみ》を見た。

「そうなのか、津弓《つゆみ》？」

「し、知らない。知らないけど……たしかに叔父上《おじうえ》と同じ匂《にお》いはするよ」

「そうです。わたくしたちは血のつながりがある身内なのですよ」

いらっしゃいと、女妖《じょよう》は手を差《さ》しだした。

「叔父上《おじうえ》のもとに連《つ》れていってあげます。わたくしはね、おまえといっしょに、あの方に会いにいきたいのです」

「な、なぜ？」

「だって、おまえはあの方のたった一人の身内ですもの。あの方にとって、それはそれは特別《とくべつ》な存在《そんざい》なのでしょう？　そして……わたくしもまた特別《とくべつ》です。なにしろ、わたくしはあの方の妻《つま》になる女ですから」

津弓《つゆみ》の目が丸くなった。

「叔父上《おじうえ》の、奥方《おくがた》……本当に？」

「ええ。だから、さあ、おいでなさい。行きましょう」

おどろきかたまっている津弓《つゆみ》のかわりに、弥助《やすけ》が立ちあがって、女の手を払《はら》いのけた。

「ふざけんな！」

弥助《やすけ》は血に染《そ》まった手でこぶしを作り、相手に向かって突《つ》きつけた。

「あ、あんたが月夜公《つくよのぎみ》の奥方《おくがた》になるあやかしだろうと、ここじゃ関係《かんけい》ない。ここは子預《こあず》かり屋《や》なんだ。玉雪《たまゆき》さんを平気で傷《きず》つけるようなやつに、子どもを渡《わた》せるもんか。帰れ！」

はっとしたように、津弓《つゆみ》が女をにらんだ。

「そ、そうだよ。玉雪《たまゆき》を傷《きず》つけるなんて！　津弓《つゆみ》、きらい！　あなたきらい！　帰って！」

「そうだそうだ。帰れよ！」

「お帰りくださりませ」

「帰ってくださりませ」

梅吉《うめきち》、それに右京《うきょう》と左京《さきょう》もさけびだす。そんな子どもらに、女は不愉快《ふゆかい》そうに唇《くちびる》をゆがめた。

「生意気な子はきらい。けがらわしい人間は特《とく》に」

つぶやきながら、女は手をゆっくりとふりかざした。

まずい。

危険《きけん》を感じたが、弥助《やすけ》は指一本動かせなかった。女がこちらを見たからだ。じんわりと赤くかがやく目に、たちまちすべての動きを封《ふう》じられ、頭すら痺《しび》れてしまった。

いつの間にか、女の指の先に長い爪《つめ》が生えていた。真っ赤な爪《つめ》だ。あれに貫《つらぬ》かれるのだと、弥助《やすけ》は他人事《ひとごと》のようにぼんやりと思った。

目の端《はし》には、子妖《こよう》たちのすがたが入っていた。みんなおびえながら、それでも女を止めようと、こちらにやってこようとしている。その動きがやたらゆっくりとして見えた。

来るな。来ちゃだめだ。

弥助《やすけ》が口を開くよりも速く、女が弥助《やすけ》に爪《つめ》を突《つ》きたてようとした。しかし、その爪先《つまさき》が届《とど》くよりも速く、なにかが風のように部屋に飛《と》びこんできたのだ。

女をはねとばし、弥助《やすけ》を抱《だ》きしめたのは、千弥《せんや》だった。

「せ、千にい！」

「弥助《やすけ》！　だいじょうぶかい？　ああ、だいじょうぶなのかい？」

「だ、だいじょうぶだよ」

「でも、血の匂《にお》いがするじゃないか！　どこをけがしたんだ？　どこなんだい？」

「ちがうよ。これ、玉雪《たまゆき》さんの血なんだ。あ、あの女に襲《おそ》われて……」

とたん、千弥《せんや》の顔がぴりっとひきつった。その表情《ひょうじょう》に、弥助《やすけ》のうなじの毛が逆立《さかだ》った。

これほど怒《おこ》った千弥《せんや》は、見たことがなかった。剃《そ》りあげた頭から立ちのぼるのは、青白い雷《かみなり》のような気だ。それは全身からもほとばしっている。まぶたは閉《と》じたままだが、そこからもれる殺気《さっき》のすさまじさといったらない。

弥助《やすけ》は腰《こし》が抜《ぬ》けそうだった。子妖《こよう》たちにいたっては、とっくに腰《こし》を抜《ぬ》かして、それぞれ床《ゆか》にへたりこんでしまっていた。

一方、千弥《せんや》にはねとばされた女妖《じょよう》は、すでに身を起こしていた。だが、その顔は青ざめていた。余裕《よゆう》たっぷりの笑《え》みが消え、豊《ゆた》かな唇《くちびる》がわなないている。

女妖《じょよう》はかすれた声でさけんだ。

「おまえ……白嵐《びゃくらん》!」

昔の名を呼《よ》ばれ、千弥《せんや》は一瞬《いっしゅん》たじろいだ。

「だれだい、おまえ?」

「……わたくしは紅珠《こうじゅ》」

「知らない。おまえの気配や匂《にお》いにもおぼえはないね」

「そう。……でも、わたくしはおまえをおぼえている。そしてよく知っている。忘《わす》れるものか。あの方に付《つ》きまとい、あのうるわしいお顔に傷《きず》をつけた忌《い》まわしきあやかし」

「なにを言ってるのか、さっぱりわからないが……とにかく許《ゆる》さないよ。わたしの弥助《やすけ》になにをしようとした？」

「……わたくしの邪魔《じゃま》をするから、殺《ころ》そうとしただけ。でも、おまえのその態度《たいど》……ふふ、いいわ。気が変《か》わった。もう津弓《つゆみ》はいらない。先にその子をもらうとするわ」

そう言って、女妖《じょよう》が指さしたのは、弥助《やすけ》だった。

「どういうわけか知らないけれど、いまのおまえはその人間の子が大事なのね、白嵐《びゃくらん》。愛《いと》しくて愛《いと》しくてたまらないのでしょう？　なら、その子を奪《うば》ってやるわ。わたくしの苦しみを、少しでも味わわせてやる。せいぜい守ることね。そのほうが、わたくしも楽しめる。おまえが必死《ひっし》になれば必死《ひっし》になるほど、うま……」

さいごまで言わせるのも腹立《はらだ》たしかったのだろう。千弥《せんや》は突然《とつぜん》、按摩《あんま》に使う太い鍼《はり》をふところからはなった。狙《ねら》いは正確《せいかく》だったが、女はきれいにすべてをかわした。

「待て！」

「近いうちに、その子を迎《むか》えに来るわ、白嵐《びゃくらん》。楽しみにしていなさい」

ねっとりとした笑《わら》い声だけを残《のこ》し、女妖《じょよう》は消え去った。

その直後、「津弓《つゆみ》！」と、月夜公《つくよのぎみ》がすがたをあらわした。

8 紅《あか》い女妖《じょよう》

「あれは吾《われ》の遠縁《とおえん》だ。名を紅珠《こうじゅ》という。……吾《われ》の許嫁《いいなずけ》になるかもしれなかった女じゃ」

津弓《つゆみ》を膝《ひざ》の上に抱《だ》きかかえながら、月夜公《つくよのぎみ》は静《しず》かに語りだした。

「引きあわされたとき、あれは吾《われ》よりも少し年上で、すでにその美しさで多くのあやかしの心をとろかしていたという」

「そんな女がいたなんて、ぜんぜん知らなかったね」

「吾《われ》もじゃ」

つぶやく千弥《せんや》に、苦々しげに月夜公《つくよのぎみ》はうなずいた。

「吾《われ》は紅珠《こうじゅ》のことを知らなかったし、初《はじ》めて会うたときもなんら興味《きょうみ》もわかなかった。同じ一族の娘《むすめ》かと、ただそう思っただけじゃ。当然《とうぜん》ながら、許嫁《いいなずけ》の話もなしとなった。じゃが……紅珠《こうじゅ》は吾《われ》に執着《しゅうちゃく》した」

それからの紅珠《こうじゅ》は、しばしば月夜公《つくよのぎみ》の屋敷《やしき》にやってきては、月夜公《つくよのぎみ》の父母にたくみにあまえ、取り入るようになったという。

だが、月夜公《つくよのぎみ》は気にもとめなかった。そのころの月夜公《つくよのぎみ》の目に映《うつ》るのは、最愛《さいあい》の双子《ふたご》の姉と、友であるあやかしのすがただけ。その二人のこと以外《いがい》はどうでもよかったのだ。

しかし、事情《じじょう》は変《か》わっていった。

最愛《さいあい》の姉は月夜公《つくよのぎみ》のもとをはなれて嫁《とつ》ぎ、たった一人の友は敵《てき》となりはてた。やがて姉はお産《さん》で亡《な》くなった。それから間をおかず、敵《てき》も月夜公《つくよのぎみ》のそばから消えた。月夜公《つくよのぎみ》自身の手で、人間界《にんげんかい》に追放したからだ。

紅珠《こうじゅ》が動いたのはそのときだった。

「あの女は、自分と吾《われ》を夫婦《ふうふ》にするよう、我《わ》が父と母に迫《せま》ったのだ。姉上を亡《な》くし、赤子の津弓《つゆみ》を育てる吾《われ》には、いまこそ自分が必要《ひつよう》だと言うてな。じゃが、吾《われ》がつれあいを欲《ほっ》しておらぬことを、両親はよく知っていた。……ことわった父と母を、逆上《ぎゃくじょう》した紅珠《こうじゅ》は殺《ころ》したのじゃ」

大罪《たいざい》を犯《おか》した紅珠《こうじゅ》はとらえられ、月夜公《つくよのぎみ》の前に引きだされたという。

「そのとき初《はじ》めて、吾《われ》は紅珠《こうじゅ》のことをまともに見た気がした。紅珠《こうじゅ》もそれに気づいたのであろう。さもうれしげに笑《わら》いかけてきたわ。あの笑《え》みはいまだに忘《わす》れられぬ」

本当なら、紅珠《こうじゅ》には死罪《しざい》が当《とう》然《ぜん》だった。だが、月夜公《つくよのぎみ》はあえて氷漬《こおりづ》けの刑《けい》を与《あた》えた。そのほうが、より苦しむと思ったからだ。

この先、永久《えいきゅう》に惨《みじ》めなすがたをさらしつづければよい。

憎《にく》しみと蔑《さげす》みをこめて、月夜《つくよ》公《ぎみ》は自らの手で術《じゅつ》をかけた。その間も、紅珠《こうじゅ》は月夜公《つくよのぎみ》から目をはなさず、愛《いと》しげにほほえみつづけていたという。

「いまから思えば、吾《われ》もあまかった。……あれは心をたぶらかすのに長《た》けた女じゃ。笑顔《えがお》で術《じゅつ》を受けたのも、いずれはだれかの心をつかみ、自分を救《すく》いだすように仕向けるためであったにちがいない……そのせいで一人の烏天狗《からすてんぐ》が罪《つみ》に堕《お》ち、さらには命を失《うしな》った」

重い声音《こわね》に、弥助《やすけ》たちは、そろって同じものを思いうかべた。

紅珠《こうじゅ》がさいしょにかぶっていた烏天狗《からすてんぐ》の皮。

ぼろ布《ぬの》のごとく剝《は》がれおちたあれは、風丸《かぜまる》のなれの果《は》てと見てまちがいない。

とんでもないねと、千弥《せんや》が顔をしかめた。

「自分の恩人《おんじん》を利用《りよう》するだけ利用《りよう》して、さいごには殺《ころ》して、皮をかぶったというわけか。……おまえの身内にしては、たちが悪すぎるね、月夜公《つくよのぎみ》」

「あれを身内と思うてはおらぬ。あれは……あやかしとすら言えぬものじゃ」

苦虫を千匹《びき》も噛《か》みつぶしたような顔をする月夜公《つくよのぎみ》に、弥助《やすけ》はたずねた。

「一つわからないんだけど、紅珠《こうじゅ》はなんで津弓《つゆみ》を迎《むか》えに来たのかな？　人質《ひとじち》にするため？　それとも津弓《つゆみ》を手なずけて、月夜公《つくよのぎみ》に取り入ろうとしたとか？」

「津弓《つゆみ》、そんなことしない！　玉雪《たまゆき》を傷《きず》つけたあやかしに、手なずけられたりなんかしないもの！」

ぷりぷりする津弓《つゆみ》の頭をなでてやりながら、月夜公《つくよのぎみ》はかぶりをふった。

「ちがうな。あの女のことじゃ。津弓《つゆみ》を残酷《ざんこく》に引《ひ》き裂《さ》いて、吾《われ》のもとに津弓《つゆみ》の首を届《とど》けようと思ったのであろうよ」

「……そんなことをしたら、逆《ぎゃく》に憎《にく》まれるって、わかんないのかい？」

「吾《われ》に好《す》かれたいと思うよりも、吾《われ》を自分のものにしたいという気持ちのほうが強いのじゃ、あの女は。吾《われ》のまわりにだれもおらねば、自分だけを見てくれるはず。そういう考え方しかできぬのじゃ。じゃからこそ、吾《われ》の父と母を殺《ころ》し、こたびは津弓《つゆみ》に目をつけたのであろう。とにかく、弥助《やすけ》には礼を言う。よく津弓《つゆみ》を渡《わた》さずにいてくれた」

かたじけないと頭を軽く下げる月夜公《つくよのぎみ》に、弥助《やすけ》はあわてて首を横にふった。

「ちがうよ。おれじゃない。本当に守ったのは玉雪《たまゆき》さんだよ」

弥助《やすけ》は、奥《おく》で横たわる玉雪《たまゆき》を見た。月夜公《つくよのぎみ》が手当てをほどこしてくれたので、すでに顔色はだいぶよくなっている。まだ気を失《うしな》ったままだが、じきに目を覚《さ》ますだろう。

あのときの大量《たいりょう》の出血を思いだし、弥助《やすけ》はまた目頭《めがしら》が熱《あつ》くなった。玉雪《たまゆき》がいなければ、弥助《やすけ》はもちろん、津弓《つゆみ》、他の子妖《こよう》たちがどうなっていたかわからない。

「津弓《つゆみ》だけじゃない。おれのことも、他の子たちのことも、命がけで守ってくれたんだ」

弥助《やすけ》の言葉に、千弥《せんや》がさっそくうなずいた。

「ああ、そうだったのかい。それじゃよくよく礼を言わなくちゃ」

「吾《われ》が先じゃ。そこをどけ、白嵐《びゃくらん》」

「冗談《じょうだん》じゃないね。そっちこそ遠慮《えんりょ》おしよ」

軽くにらみあったあと、千弥《せんや》はそれまでとはちがう静《しず》かな声音《こわね》で月夜公《つくよのぎみ》に言った。

「それはそうと……あの女はどうもわたしを憎《にく》んでいるようだった。わたしを苦しませるために弥助《やすけ》を狙《ねら》うと、そうはっきり言ったんだよ。心当たりはないんだが、おまえ、わかるかい？」

「わからぬな。だが、いずれにせよ、そんなまねは決してさせぬ。吾《われ》の名にかけてとらえて、今度こそ命を絶《た》ってくれる」

断言《だんげん》する月夜公《つくよのぎみ》に、千弥《せんや》は鼻を鳴らした。

「それだけ聞けば十分だ。子妖《こよう》たちを連《つ》れて帰っておくれ。弥助《やすけ》を休ませたい」

「言われずともそうするわ。さ、津弓《つゆみ》。帰るぞえ。双子《ふたご》、それに梅吉《うめきち》もついてまいれ。それぞれ家に送ってやろう」

気を失《うしな》ったままの玉雪《たまゆき》を軽々とかかえ、子妖《こよう》たちをひきつれ、月夜公《つくよのぎみ》は去っていった。

一気に広くなった部屋の中で、千弥《せんや》は弥助《やすけ》にほほえみかけた。

「だいじょうぶだよ。あの女がどんなこずるいやつであろうと、弥助《やすけ》、おまえには指一本触《ふ》れさせない。たとえ月夜公《つくよのぎみ》の手を借《か》りなくたって、おまえを守る方法はいくらでもある。……かならず守るから、安心しなさい」

ほほえむ千弥《せんや》に、弥助《やすけ》は不安《ふあん》をおぼえた。急に千弥《せんや》が遠くに感じられたのだ。

自分を守るためであっても、無理《むり》はしてほしくない。

だが、そう言う弥助《やすけ》に、千弥《せんや》は笑《わら》うばかりでなにも話そうとしなかった。

時は水無月《みなづき》。不穏《ふおん》な気配が、雨の匂《にお》いとともに忍《しの》びよりつつあった。

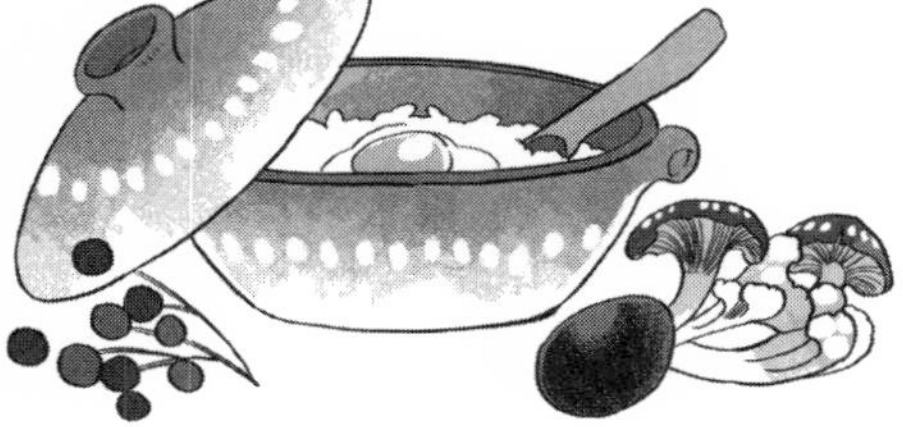

蛇《へび》の乳母《うば》、薬膳鍋《やくぜんなべ》を作る

1

華蛇族《かだぞく》の姫《ひめ》にして人間の男に嫁《とつ》いだ初音《はつね》は、ひどいつわりに悩《なや》まされていた。

立っていられない。横になってもいられない。眠《ねむ》れない。

もちろん、ものも食べられなかった。重湯をするのがやっとのありさまだ。

それでも水無月《みなづき》に入ると、初音《はつね》の体調はようやく落ちついてきた。だが、食欲《しょくよく》や元気はいまだにもどらず、顔は青白くやつれたままだ。

乳母《うば》の萩乃《はぎの》は心配でたまらなかった。腹《はら》の子も大切だが、なによりもまず初音《はつね》に健康《けんこう》を取りもどしてもらいたい。そのためには、なにか栄養《えいよう》のあるものを食べさせなくては。

いったん、萩乃《はぎの》は華蛇族《かだぞく》の屋敷《やしき》にもどり、下働《したばたら》きの蛙《かえる》、青兵衛《あおべえ》に言った。

「姫《ひめ》さまのために薬膳鍋《やくぜんなべ》を作ろうと思います。そのための食材《しょくざい》を集めるので、青兵衛《あおべえ》、供《とも》をなさい」

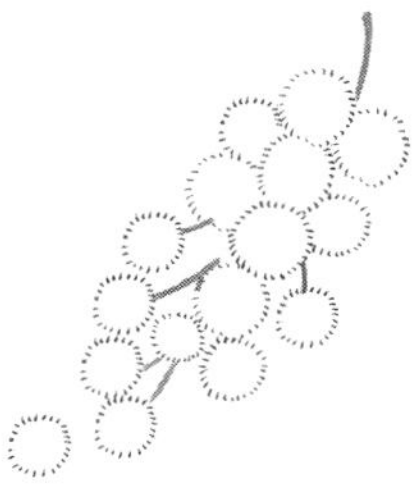

「そりゃもちろんかまいませんが……萩乃《はぎの》さまがわざわざ出向かなくとも。手前どもに言いつけてくだされば、ようございやしょうに」

「姫《ひめ》さまのためですからね。今回はわたくしの手で食材《しょくざい》を集めます」

「……それでしたら、久蔵殿《きゅうぞうどの》もお誘《さそ》いになってはいかがでございやしょう？」

「とんでもない。あんな男、足手まといになるだけです」

萩乃《はぎの》は苦々しげに顔をゆがめた。姫《ひめ》の夫《おっと》、久蔵《きゅうぞう》は、いまだに萩乃《はぎの》にとっては「気に食わぬ男」なのだ。

「さあ、ぐずぐずしてはいられませんよ。ついていらっしゃい、青兵衛《あおべえ》」

「へ、へい！」

大きなかごを青兵衛《あおべえ》に背負《せお》わせ、萩乃《はぎの》はまず猫《ねこ》のあやかし、王蜜《おうみつ》の君《きみ》のもとを訪《たず》ねた。

王蜜《おうみつ》の君《きみ》は、屋敷《やしき》の自室で遊んでいるところであった。その部屋は広く、闇《やみ》に満《み》たされており、何十という火の玉が蛍《ほたる》のようにうかんでいた。火の玉はどれも色がちがい、あざやかな炎《ほのお》をふきあげている。

王蜜《おうみつ》の君《きみ》は、そんな火の玉を気まぐれにつかんでは、お手玉のように投げたり、毬《まり》のようにはなったりして遊んでいた。

見た目は十歳《さい》ほどの娘《むすめ》であるが、月夜公《つくよのぎみ》とならぶ大妖《たいよう》だ。圧倒的《あっとうてき》な妖力《ようりき》を持っており、全身からはなつかがやきもすさまじい。その黄金の瞳《ひとみ》、雪白の髪《かみ》は、闇《やみ》の中ではいっそう際立《きわだ》っており、何度も会ったことがある萩乃《はぎの》ですら目を奪《うば》われた。

一方、王蜜《おうみつ》の君《きみ》は客に気づくと、ほほえんだ。

「おお、初音姫《はつねひめ》の乳母《うば》ではないかえ。久《ひさ》しいのぅ。初音姫《はつねひめ》は？　いかがしておる？」

「はい。つわりはおさまってまいりました。ですが、まだ弱っておいでで。そこで、王蜜《おうみつ》の君《きみ》にお願《ねが》いがございます。姫《ひめ》さまのため、捻虹樹《ねんこうじゅ》の実をわけてはいただけませぬか？」

「よいとも。いくらでももいでいくがよい。そこのふすまを開けよ。いま、捻虹樹《ねんこうじゅ》のある庭先へと通じさせた。帰りは同じようにふすまを開けるがよい。屋敷《やしき》の外へ出られるように、はからっておくゆえ」

「なにからなにまで、ありがとうございます」

萩乃《はぎの》は頭を下げ、青兵衛《あおべえ》を連《つ》れてふすまを開けた。

王蜜《おうみつ》の君《きみ》が言っていたとおり、その先には庭が広がっていた。いまは朝だというのに、庭を包《つつ》むのは闇《やみ》だ。その中で、植えられた樹木《じゅもく》や草花は妖《あや》しい光をはなっており、まるで鬼火《おにび》のように燃《も》えている。

中でも目をひくのは、何本もの細いつるがねじれあい、からみあい、一つの木となっているものだった。

捻虹樹《ねんこうじゅ》だ。

木を作りあげているつるはそれぞれ色がちがうため、からみあったすがたはたしかに虹《にじ》のように見える。葉は一枚《まい》もなかったが、白い実がびっしりついた房《ふさ》が、藤《ふじ》の花のようにあちこちからたれさがっていた。

青兵衛《あおべえ》が感心したようにつぶやいた。

「へえ、これが捻虹樹《ねんこうじゅ》でございやすか。美しいものでございやすねぇ」

「美しいだけでなく、この実は血のめぐりをよくする効力《こうりょく》があるのです。いまの姫《ひめ》さまにはなにより必要《ひつよう》なものです。さ、もいでいきますよ」

萩乃《はぎの》は腕《うで》まくりをして、実をもぎとりはじめた。

青兵衛《あおべえ》は手伝《てつだ》いながら、こっそり一粒《つぶ》、実を口に入れてみた。味はなかなか野性味《やせいみ》にあふれており、果実《かじつ》というより里芋《さといも》を思わせた。

なるほど。これなら鍋《なべ》に入れてもうまいかもしれない。

安心して、青兵衛《あおべえ》は実をもいでいった。

七房《ふさ》ほどもいだあと、萩乃《はぎの》は満足《まんぞく》げにうなずいた。

「これくらいでいいでしょう。では、次は月夜公《つくよのぎみ》さまのお屋敷《やしき》に行きますよ」

「げっ……」

「なんです?」

「いえ……お偉《えら》い方々につづけて会うというのは、どうも、手前のような小物のあやかしには刺激《しげき》が強すぎると申しましょうか……」

「なにを弱気なことを。姫《ひめ》さまのためなのですよ」

しおれる青兵衛《あおべえ》を引っぱるようにして、萩乃《はぎの》は月夜公《つくよのぎみ》の屋敷《やしき》へと向かった。

今度の目的《もくてき》は、月夜公《つくよのぎみ》が飼《か》っている龍鶏《りゅうけい》だ。その卵《たまご》は大変《たいへん》おいしく、栄養《えいよう》もたっぷりあるという。朝に夕に、月夜公《つくよのぎみ》は自ら卵《たまご》を集め、甥《おい》の津弓《つゆみ》に食べさせているのだとか。

一つでいいから手に入れたいと、萩乃《はぎの》は願《ねが》っていた。

卵《たまご》は初音《はつね》の大好物《だいこうぶつ》でもあるし、腹《はら》の子のためにもいいだろう。

そんなことを考えながら、萩乃《はぎの》は月夜公《つくよのぎみ》の屋敷《やしき》を目指した。

2

屋敷《やしき》についてみると、ちょうど月夜公《つくよのぎみ》が出かけようとしているところであった。萩乃《はぎの》は急いで呼《よ》びとめた。

「月夜公《つくよのぎみ》さま！」

「ん？　飛黒《ひぐろ》の細君か。いかがした？　急いでおるゆえ、きびきび申せ」

萩乃《はぎの》が用件《ようけん》を伝《つた》えると、月夜公《つくよのぎみ》は心ここにあらずのようすでうなずいた。

「そういうことなら、好《す》きにせよ。本来なら手を貸《か》してやりたいところだが、いまはかなわぬ。すまぬが、卵《たまご》は自分でとってくれ。じゃが、くれぐれも気をつけよ」

そう言って、月夜公《つくよのぎみ》はあわただしく飛《と》びたっていった。

青兵衛《あおべえ》が首をかしげた。

「いったい、なにがあったんでございやしょうねぇ。月夜公《つくよのぎみ》さまがあんなふうにあわてな

さるとは。……もしかして、牢《ろう》からの脱走《だっそう》でもあったんじゃございやせんかね」

「めったなことを言うものではありませんよ。ともかく、お許《ゆる》しはいただけたことですし、卵《たまご》をいただいていきましょう。あ、そこのもの。龍鶏《りゅうけい》の巣《す》はどこにありますか？」

ちょうど通りかかった屋敷《やしき》の召使《めしつかい》に、萩乃《はぎの》は声をかけた。

召使《めしつかい》は萩乃《はぎの》たちを、大きな蔵《くら》へと案内《あんない》してくれた。

「この中が龍鶏《りゅうけい》の巣《す》でございます。あの、中に入るのであれば、くれぐれもお気をつけて。龍鶏《りゅうけい》はとても気が荒《あら》いので」

か細くささやき、召使《めしつかい》はそそくさと逃《に》げるように去っていった。

萩乃《はぎの》と青兵衛《あおべえ》はできるだけ音を立てぬように蔵《くら》の扉《とびら》を開き、そっと中をのぞきこんだ。

おどろいたことに、蔵《くら》の中には森が広がっていた。

「こ、こりゃたまげた！」

「これはきっと、月夜公《つくよのぎみ》さまが妖術《ようじゅつ》で作ったのでしょう。龍鶏《りゅうけい》を飼《か》うためにね。ともかく中に入ってみましょう。龍鶏《りゅうけい》にでくわすことなく、巣《す》にたどりつければいいのですが」

背負《せお》いかごは蔵《くら》の外に置《お》き、二人はそろそろと森の中へ入っていった。

と、青兵衛《あおべえ》が一枚《まい》の羽根を見つけた。鉄でできているかのように重く、固《かた》い羽根だった。

「まるでうろこみたいでございやす。……こんな羽根を持っているなんて、いったいどんな鳥なんでございやしょうか？」

青兵衛《あおべえ》のつぶやきに、萩乃《はぎの》は言葉を返せなかった。ちょうどそのとき、奥《おく》の木立からずしずしと、重たい足音が聞こえてきたからだ。

ぱっと、二人は木の陰《かげ》に隠《かく》れた。そして、龍鶏《りゅうけい》を見たのだ。

龍鶏《りゅうけい》は大きかった。萩乃《はぎの》の二倍の背丈《せたけ》があり、うしろ足二本で立って歩いている。鳥よりもとかげに似《に》たすがただが、全身は鉄色の羽でおおわれており、頭に生えている長い飾《かざ》り羽《ばね》だけが、あざやかな朱《しゅ》色だ。目は青白く、冷《つめ》たい光がちらついている。その口にはかみそりのような牙《きば》がずらりとならんでいた。

ひえええっと、青兵衛《あおべえ》が身ぶるいをした。

「あ、ありゃ鳥なんて代物《しろもの》じゃございやせんよ」

「そ、そのようですね。まさか、こんな生き物だったとは……」

あれはまちがっても穏《おだ》やかな生き物ではない。こちらのすがたを見せれば、すぐさま襲《おそ》いかかってくるだろう。

青緑色の体をいっそう青ざめさせながら、青兵衛《あおべえ》は萩乃《はぎの》を見た。

「ど、どうなさるおつもりで？」

「……とるべき手段《しゅだん》は一つだけでしょう。青兵衛《あおべえ》、そなた、おとりになりなさい」

「ひえっ！」

「そなたが龍鶏《りゅうけい》をひきつけている間に、わたくしは巣《す》を見つけ、卵《たまご》を持ちだします」

「……手前がそちらの役でもいいんでございやすよ？」

「いいえ。わたくしより、そなたのほうがおいしそうに見えるはずですよ」

「……」

「心配はいりません。そなたになにかあったときは、わたくしが残《のこ》されたそなたの妻子《さいし》をしっかりと面倒《めんどう》みますから」

「そんなの、いやでございやすよぉ、手前は自分の目で、うちのおたまじゃくしたちに手足がはえるのを見届《みとど》けたいんでございやすよぉ」

「だったら、がんばりなさい。しっかり龍鶏《りゅうけい》から逃《に》げるのです。そら、お行きなさい」

泣《な》きださんばかりの顔になりながらも、青兵衛《あおべえ》は龍鶏《りゅうけい》の前に飛《と》びだしていった。

ぼうっと、龍鶏《りゅうけい》の目が白い炎《ほのお》のように燃《も》えあがった。ぐぐっと、物ほしげに喉《のど》が鳴る。

「ひえええええっ！」

悲鳴をあげて逃《に》げだす青兵衛《あおべえ》を、龍鶏《りゅうけい》はすぐさま追いかけはじめた。青兵衛《あおべえ》の悲鳴、それに龍鶏《りゅうけい》の足音が十分に遠ざかったあと、萩乃《はぎの》は木陰《こかげ》から抜《ぬ》けだした。

実を言うと、青兵衛《あおべえ》のことはそれほど心配していなかった。あれは家族想《おも》いの蛙《かえる》だ。家族を残《のこ》して、むざむざ食われるような目にはあわないだろう。

だからと言って、いつまでもおとりをさせておくのも悪い。

早く卵《たまご》を見つけなければと、萩乃《はぎの》は足を進めた。

やがて、巣《す》らしきものを見つけた。灰《はい》色の石でできた巣《す》だ。中には、墨《すみ》のように黒い卵《たまご》が六つあった。鶏《にわとり》の卵《たまご》よりふたまわりほど大きく、金が詰《つ》まっているかのように重い。

いくつもかかえることはできず、萩乃《はぎの》は二つだけ取った。そうして来た道をもどり、蔵《くら》の扉《とびら》のところでうしろをふりかえった。

「青兵衛《あおべえ》！　青兵衛《あおべえ》、来なさい！」

萩乃《はぎの》の呼《よ》び声《ごえ》に応《こた》えるように、足音と物音がこちらに近づいてきた。

ばっと、茂《しげ》みから青兵衛《あおべえ》が飛《と》びだしてきた。

その少しあとから、龍鶏《りゅうけい》がすがたをあらわした。逃《に》げる青兵衛《あおべえ》に追いすがっている。白い目をぎらつかせ、大きく口を開けながら。

ここで、萩乃《はぎの》は手に持っていた黒い卵《たまご》を一つ、力をこめて投げた。

はっとしたように龍鶏《りゅうけい》の動きが止まった。投げられた卵《たまご》へと、頭が向く。

その隙《すき》に、萩乃《はぎの》と青兵衛《あおべえ》は力を合わせて蔵《くら》の扉《とびら》を閉《と》じたのだ。

「よくやりましたよ、青兵衛《あおべえ》」

萩乃《はぎの》はほめたが、青兵衛《あおべえ》は返事もできぬありさまだった。あちこちすり傷《きず》だらけで、着物も破《やぶ》れてしまっている。肌《はだ》の色もすっかりくすんでしまっていた。

萩乃《はぎの》が与《あた》えた瓢箪《ひょうたん》の水をごくごくとあおったあと、青兵衛《あおべえ》はやっと声をしぼりだした。

「……に、二度と、龍鶏《りゅうけい》と追いかけっこはいたしやせんよ。死ぬかと、お、思いやした」

「さすがは青兵衛《あおべえ》。よくふんばりましたよ。さて次ですが……」

「ま、まだなにか集めるんでございやすかぁ？」

「当たり前です。木の実と卵《たまご》だけでは薬膳鍋《やくぜんなべ》とは言えぬでしょう」

「……手前はそれだけでも十分だと思いやすが……」

青兵衛《あおべえ》のつぶやきを無視《むし》して、萩乃《はぎの》は次の目的《もくてき》地へと向かうことにした。

3

萩乃《はぎの》たちは、大仙山《だいせんざん》へとやってきた。ここはあやかしの間でも名高い霊山《れいざん》だ。背《せ》の高い霊木《れいぼく》が黒々とした森をなし、たくさんのきのこが生えることで知られている。

大仙茸《だいせんたけ》、赤霊芝《あかれいし》、霧ヶ茸《きりがたけ》、薬師茸《くすしたけ》。

いずれも仙薬《せんやく》としても用いられるきのこだ。薬膳鍋《やくぜんなべ》を作るなら、ぜひ入れたい。

二人はさっそく草をかきわけ、木のうろや根元をのぞき、岩の隙間《すきま》を見てまわった。

こうしたことに不慣《ふな》れな萩乃《はぎの》には、なかなか骨《ほね》の折《お》れることだった。だが、青兵衛《あおべえ》にはお手のものなのだろう。どんどんきのこを見つけては、背負《せお》いかごの中へと入れていく。

感心し、萩乃《はぎの》は思わず言った。

「そなた、きのこ採《と》りで暮《く》らしていけるのではありませんか?」

「へへへ。それもいいかもしれやせん。なにしろ、きのこは追いかけてきたり、食いつい

てきたりしやせんからねぇ」

「む。さては、先ほどの龍鶏《りゅうけい》の一件《いっけん》をまだ根に持っているのですね？」

「はて、なんのことでございやしょう？」

青兵衛《あおべえ》はとぼけてみせた。

そうして、さらに木立に踏《ふ》み入ったときだ。ぶーんと、重たい羽音が二人の耳をかすめた。

見れば、子どもの手のひらほどもある蜂《はち》が何匹《びき》も飛《と》びかっていた。見るからに気の荒《あら》そうな蜂《はち》たちに、萩乃《はぎの》も青兵衛《あおべえ》も思わず凍《こお》りついた。

やっと青兵衛《あおべえ》がささやいた。

「あれは武者蜂《むしゃばち》でございやすよ。しっ！　動いてはだめでございやす！　あれに刺《さ》されたら、地獄《じごく》のような痛《いた》みを味わうことになるそうでございやすよ」

「武者蜂《むしゃばち》……聞いたことがあります。おそろしい蜂《はち》なれど、蜜《みつ》はたいそうあまいとか」

「……は、萩乃《はぎの》さま？」

「何匹《びき》もいるということは、この近くに巣《す》があるはず。……あっ！　あれですね！」

太い木の枝《えだ》に、丸く大きな巣《す》がつりさがっていた。萩乃《はぎの》の目が光った。

「蜜《みつ》で作った蜜玉《みつだま》は、姫《ひめ》さまの大好物《だいこうぶつ》。身重の体にもいいことでしょう。……ほしいですね。青兵衛《あおべえ》、そなた、おとりになりなさい」

「かんにんしてくださいやし！」

青兵衛《あおべえ》は涙目《なみだめ》になりながら懇願《こんがん》した。

「あれに刺《さ》されたら、とんでもねえ面《つら》になっちまう！」

「では、刺《さ》されぬように逃《に》げることです」

「……」

「だいじょうぶです。そなたにもしものことがあっても……」

「うわあああっ！」

萩乃《はぎの》の言葉をさいごまで聞かず、青兵衛《あおべえ》は涙《なみだ》をまきちらしながら飛《と》びだしていった。ばちんと、蜂《はち》の巣《す》を手ではたき落とし、その後はまっしぐらに茂《しげ》みの中に逃《に》げていく。

青兵衛《あおべえ》はすばやくそれらをやってのけたのだが、それでも武者蜂《むしゃばち》たちからは逃《のが》れられなかった。落ちて割《わ》れた巣《す》から、黒雲のようにわきだした蜂《はち》たちは、いっせいに青兵衛《あおべえ》を追っていったのだ。

怒《いか》りに燃《も》えた蜂《はち》の羽音はすさまじく、隠《かく》れている萩乃《はぎの》ですら身ぶるいしたほどだった。

蜂《はち》たちが遠ざかったあと、萩乃《はぎの》は落ちた巣《す》へと近づいた。残《のこ》っていた数匹《ひき》をはじき落とし、蜜《みつ》のつまっていそうなところをばりばりとつかみだす。そうして、椀《わん》二杯《はい》分ほどの蜜《みつ》を手に入れたのだ。

こぼしてむだにしてはならぬと、萩乃《はぎの》はさっそく術《じゅつ》をかけ、蜜《みつ》をかためて丸くしていった。黄金色の小さな玉が次々とできていく。これを口に入れたときの姫《ひめ》の顔を思いうかべ、萩乃《はぎの》は笑顔《えがお》になった。

「そういえば……うちの子たちも、あまいものが好《す》きでしたね」

右京《うきょう》と左京《さきょう》。初音姫《はつねひめ》のもとに通う母親を、いつも笑顔《えがお》で送りだしてくれている子どもたち。

が、その瞳《ひとみ》の奥《おく》にあるものに気づかぬほど、萩乃《はぎの》は鈍《にぶ》くはなかった。あの子たちにはさびしい想《おも》いをさせてしまっていると、胸《むね》が痛《いた》んだ。

「……あの子たちにも、この蜜玉《みつだま》を少し持って帰ってあげましょう」

そう決め、できあがった蜜玉《みつだま》を二つにわけて、ふところにしまった。

それから青兵衛《あおべえ》を呼《よ》んだ。

「青兵衛《あおべえ》。もうすみましたよ。もどってきなさい。青兵衛《あおべえ》！」

だが、いくら呼《よ》んでも、青兵衛《あおべえ》はもどってこなかった。さすがに心配になり、萩乃《はぎの》は青《あお》兵衛《べえ》の気配をたどった。

行きついた先は、ずいぶんはなれた川の下流であった。

水がたまって、池のようになっている場所に、青兵衛《あおべえ》はいた。ぷかぁっと、白い腹《はら》を見せてうかんでおり、あちこちが赤く腫《は》れあがっている。

「あ、青兵衛《あおべえ》！」

水に飛《と》びこみ、萩乃《はぎの》は青兵衛《あおべえ》を抱《だ》きおこした。うれしいことに、息はしていた。

「よくやりました、青兵衛《あおべえ》。お手柄《てがら》でしたよ」

涙《なみだ》をうかべながら、萩乃《はぎの》は呼《よ》びかけた。

それが聞こえたのか、青兵衛《あおべえ》はかすかに喉元《のどもと》を動かした。まるで、「もちろん、やってのけやしたとも」と、言わんばかりに。

気を失《うしな》った青兵衛《あおべえ》と背負《せお》いかごをかかえ、萩乃《はぎの》はなんとか華蛇族《かだぞく》の屋敷《やしき》へともどった。

「まあ、萩乃《はぎの》さま！　青兵衛《あおべえ》！」

「青兵衛《あおべえ》は武者蜂《むしゃばち》に刺《さ》されたのです。お医者さまの宗鉄殿《そうてつどの》を呼《よ》びなさい。急いで！」

「は、はい！　萩乃《はぎの》さまは？」

「わたくしはこのとおり、無傷《むきず》です。……青兵衛《あおべえ》のおかげです」

出迎《でむか》えにきた蛙《かえる》たちに青兵衛《あおべえ》を託《たく》したあと、萩乃《はぎの》は背負《せお》いかごを持って、台所に向かった。そこでは、青兵衛《あおべえ》の女房《にょうぼう》で、赤蛙《あかがえる》の蘇芳《すおう》が働《はたら》いていた。

「あらま、萩乃《はぎの》さま」

「蘇芳《すおう》。申《もう》し訳《わけ》ないことをしました。青兵衛《あおべえ》に無理《むり》をさせてしまいました」

頭を下げながら、萩乃《はぎの》はなにがあったかを手短に話した。

でも、蘇芳《すおう》は怒《おこ》らなかった。それどころか、あやまる萩乃《はぎの》に笑《わら》いかけたのだ。

「萩乃《はぎの》さまのせいじゃございません。うちの亭主《ていしゅ》がどじを踏《ふ》んだだけでございますよ」

「しかし……」

「だいじょうぶです。ああ見えて青兵衛《あおべえ》は強いのです。蜂《はち》に百回、二百回、刺《さ》されたくらいでくたばるようなやわな蛙《かえる》じゃございませんよ。まあ、あとでちゃんと見舞《みま》いに行きますけどね。ところで、萩乃《はぎの》さま、なにかあたしにご用があるんじゃないんですか？」

「……そなたにはかないませんね」

背負《せお》いかごを差《さ》しだしながら、萩乃《はぎの》は薬膳鍋《やくぜんなべ》を作りたいのだと言った。

「わたくしは料理《りょうり》が苦手です。でも、姫《ひめ》さまに、わたくしが作ったものを食べていただきたい。わたくしでもおいしく作れる鍋《なべ》の作り方を教えてほしいのです」

「ようございますとも」

勇《いさ》ましく頼《たの》もしく、蘇芳《すおう》はうなずいた。

そのあと、薬膳鍋《やくぜんなべ》作りがはじまった。

蘇芳《すおう》に教えられ、萩乃《はぎの》はもたつきながらも作業をこなしていった。

捻虹樹《ねんこうじゅ》の実は、一粒《つぶ》ずつ皮を剝《む》いた。剝《む》いた実は水につけてあくを抜《ぬ》いておき、その間にとってきたきのこを手で裂《さ》いて、食べやすい大きさにして大鍋《おおなべ》へと入れていく。

時間はかかったものの、なんとかぜんぶのきのこを鍋《なべ》の中に入れられた。そこに先ほどの捻虹樹《ねんこうじゅ》の実を加《くわ》え、ふたをし、火にかける。

そうしてひと煮立《にた》ちさせたあとに、みそをたっぷりと入れればできあがりだ。

くつくつと煮《に》えた鍋《なべ》の中からは、さまざまなきのこの匂《にお》いが香《かお》り高く立ちのぼっている。ひと口味見をしてみたが、おいしかった。やさしい味わいが体にしみわたる。あとは食べる直前に、龍鶏《りゅうけい》の卵《たまご》を鍋《なべ》に割《わ》り入れればいいだろう。

自分がこんなにおいしいものを作れるとはと、萩乃《はぎの》は感動しながら蘇芳《すおう》に言った。

「これなら姫《ひめ》さまにおいしく召《め》しあがっていただけるでしょう。礼を言いますよ、蘇芳《すおう》」

「いえいえ、とんでもない」

蘇芳《すおう》は笑《わら》いながら手をふった。

「こんなことを言うのはなんですが、萩乃《はぎの》さまは姫《ひめ》さまよりもずっとのみこみが早うございますよ。せっかくですから、これからはお料理《りょうり》をするようになさってはいかがです？旦那《だんな》さまやお子さまたちも、きっとよろこびますよ」

「……それもいいかもしれませんね。でも、まずはこの鍋《なべ》を姫《ひめ》さまに届《とど》けなくては」

鍋《なべ》にふたをし、持ちあげようとしたとき、なんと青兵衛《あおべえ》が台所にやってきた。体中に紫《むらさき》色の軟膏《なんこう》が塗《ぬ》りつけられ、青緑と紫《むらさき》のまだら蛙《がえる》となっている。だが、薬の効力《こうりょく》なのか、腫《は》れは小さくなっており、目もしゃっきりとしていた。

「青兵衛《あおべえ》！」

「おまえさん！　起きてもいいの？」

「もうだいじょうぶ。宗鉄《そうてつ》さまがきっちり治《なお》してくださいやしたからね」

「青兵衛《あおべえ》……」

言葉に詰《つ》まる萩乃《はぎの》に、青兵衛《あおべえ》はにやっと笑《わら》った。

「どうしたんでございやす？　その鍋《なべ》を姫《ひめ》さまのところにお届《とど》けになるんでございやしょう？　なら、早く行こうじゃございやせんか」

「……そなたが供《とも》をすると？」

「もちろんでございやす。お供《とも》の役目はだれにもゆずる気はございやせんよ。こうなったら、さいごまで見届《みとど》けさせていただきやす」

胸《むね》をはる青兵衛《あおべえ》に、萩乃《はぎの》もようやく笑《わら》いかえした。

「では、行きましょう」

「へい」

そうして、萩乃《はぎの》と青兵衛《あおべえ》は初音《はつね》のいる人間界《にんげんかい》へと向かった。

初音《はつね》のいまの住まいは、小さな一軒家《いっけんや》だ。華蛇《かだ》の屋敷《やしき》にくらべると、まるで真珠《しんじゅ》と石ころほどのちがいがあり、「わが姫《ひめ》がこのような場所に住まねばならぬとは！」と、萩乃《はぎの》の嘆《なげ》きの一つになっている。

今日《きょう》も、萩乃《はぎの》はふんと鼻を鳴らした。

「いつ見てもみすぼらしい家だこと。……それに、あの男の気配がしますね」

「そりゃ、ここは久蔵殿《きゅうぞうどの》の家でもあるんでございやすからね」

「……」

眉間《みけん》にしわをよせながら、萩乃《はぎの》が戸口に手をかけたときだ。家の中から初音姫《はつねひめ》の声が聞こえてきた。

「おいしい！　とてもおいしいわ、久蔵《きゅうぞう》！」

はっとして、萩乃《はぎの》は戸口の隙間《すきま》に顔をよせた。

中には初音《はつね》がいた。椀《わん》を持ち、にこにこしながらなにかすすっている。その横には久蔵《きゅうぞう》がいて、笑顔《えがお》で初音姫《はつねひめ》を見ていた。

「口に合ってよかった。作ったかいがあるってもんだよ」

「あなたが作ったの？　こんなおいしい雑炊《ぞうすい》を？」

「よしとくれよ。ただの卵雑炊《たまごぞうすい》だ。だれだって作れるさね。……とにかく、ものが食べられるようになってよかったよ」

しみじみとした顔になりながら、久蔵《きゅうぞう》はそっと初音姫《はつねひめ》の肩《かた》をなでた。

「長い間、つわり、つらかったね。やっとおさまったんだ。これからは好《す》きなものを好《す》きなだけ食わなくちゃ。なんでも言っておくれ。おれに手に入れられるものなら、なんだって手に入れてくるからさ」

「それでは、またこの雑炊《ぞうすい》を作ってくれる？」

「そんなんでいいなら、毎日だってこしらえてやるよ」

「ふふ、うれしい」

幸せそうに雑炊《ぞうすい》を食べる初音《はつね》。それをやさしく見つめる久蔵《きゅうぞう》。そこには二人の世界があった。割《わ》りこんではいけない空気があった。

だから、萩乃《はぎの》は家に入るかわりに、すっと戸口から身を引いたのだ。

戸口の前に龍鶏《りゅうけい》の卵《たまご》と、蜜玉《みつだま》を入れた袋《ふくろ》を置《お》き、萩乃《はぎの》は「帰りましょう」と青兵衛《あおべえ》にささやいた。

「えっ？　い、いいのでございやすか？」

「いいのです。あの場にずかずか踏《ふ》みこんでいくほど、わたくしは野暮《やぼ》ではありませんよ。それに、姫《ひめ》さまはおいしく雑炊《ぞうすい》を召《め》しあがっておいでです。それだけで十分です」

「それでは……この鍋《なべ》は？　どうなさいやす？」

「……わけましょう。そなたとわたくしとで半分に。蘇芳《すおう》と子どもたちとお食べなさい。子どもたちの体にもいいことでしょう」

「……そういうことなら、ありがたくいただくといたしやす」

きっちり二つに鍋《なべ》をわけ、二人は別《わか》れることにした。

別《わか》れ際《ぎわ》に、萩乃《はぎの》は心をこめて青兵衛《あおべえ》に言った。

「今日《きょう》は本当にご苦労《くろう》さまでした、青兵衛《あおべえ》」

「とんでもございやせん。今日《きょう》一日、退屈《たいくつ》とは無縁《むえん》でございやした。……二度とはごめんでございやすが」

「ふふふ」

「では、手前はこれで失礼《しつれい》を」

「気をつけてお帰りなさい。蘇芳《すおう》によろしく」

「へい」

青兵衛《あおべえ》が立ちさったあと、萩乃《はぎの》もきびすを返した。

家に帰るのだ。


その夜、家にもどってきた飛黒《ひぐろ》と右京《うきょう》と左京《さきょう》はおどろいた。家には萩乃《はぎの》がおり、囲炉裏《いろり》の火には鍋《なべ》がかけられ、うまそうな匂《にお》いをいっぱいにふりまいていたからだ。

おどろいてかたまっている三人に、萩乃《はぎの》はにっこりと笑《わら》いかけた。

「お帰りなさい。さ、夕飯《ゆうはん》のしたくはできていますよ。手を洗《あら》って、早くお座《すわ》りになって」

「にょ、にょ、女房殿《にょうぼうどの》……」

「風《かぜ》の司殿《つかさどの》から聞きましたよ。罪人《ざいにん》が氷牢《こおりろう》より逃《に》げたそうですね。ですが、だいじょうぶです。あなたなれば、かならずとらえることができましょう。ですから、あまりあせらずに。いまはなにか食べて、疲《つか》れを癒《いや》すとよいでしょう。それに……右京《うきょう》、左京《さきょう》。目が腫《は》れていますね。泣《な》くようなことがあったのですか?」

「は、母上……」

「食べながらでいいので、話してくださいな。わたくしも、今日《きょう》は話したいことがたくさんあるのです。さあ、早くこちらへ」

まだぼうぜんとしている三人を、萩乃《はぎの》はやさしく手招《てまね》いた。

妖怪《ようかい》の子預《あず》かります 7

2020年10月9日　初版

著　者
廣嶋玲子《ひろしまれいこ》

発行者
渋谷健太郎

発行所
(株)東京創元社
〒162-0814 東京都新宿区新小川町1-5
03-3268-8231(代)
http://www.tsogen.co.jp

装画・挿絵
Minoru

装　幀
藤田知子

印　刷
フォレスト

製　本
加藤製本

ISBN978-4-488-02827-5　C8093